U0939074

Stay real
Stay young

眼眶会红的人，一辈子都不会老

s t a y _ r e a l _ s t a y _ y o u n g

中国华侨出版社

献　给　温　新　祺　先　生

contents

导语

lead

二十五岁，其实是个不尴不尬的年纪。从自我实现和社会责任方面来说，你会要求自己越来越成熟，也会尝试去规划接下来的人生走向；但在你的心底，还有很多东西仍未脱离稚气，这些东西用感性的方式时不时提醒你“眼眶会红的人，一辈子都不会老”。

如果说要为这本书做一个定义，那么它便是一本“二十五岁的人说给自己听的悄悄话”，将二十五年的经历浓缩成 17 个关键词，象征着在这些关键词中学会成长，并迎来自己的“成人礼”。而全书，在 47 篇文章中将二十五年来的所见所感，传递给读者，传递一个成长岁月中的轮回。

在这本书里，有一些少年的情怀，有一些大道理，还有一些书和音乐的评论集；最重要的是，这些东西，是一个少年成长为男人的标记，是感性与理性的产物，同时也是向年少的告白诗。至此，我希望写完这本书的我和读完这本书的你，都将以更加饱满的情绪和姿态，去迎接自己重复阅读后的轮回，并由此开启属于自己的第二人生。

另外，我想将此书献给我的父母，因为他们，我才得以降临于这个世界，谢谢他们，也谢谢我生命中每一个爱着我的人。

序

preface

眼眶会红，心亦灼热

《文艺风象》以及网易音乐频道乐评人　沉默电话/文

相信大家都遇到过这种事——在失恋时听到一首悲伤的情歌，震撼之余，也感慨自己和音乐故事中的种种相似，甚至产生“这首歌简直是为我而写”的冲动念头。其实，这不是因为那些歌曲都有星座占卜般的共性，而是别人的故事中，总有自己的影子。所以，聆听他人、对相同的经历进行比照的过程，往往就是纾解自我、将阻塞的情绪疏通开来的最佳方式。而阅读，则更有这样的特性——阅读别人的过程，就像在镜子中审视自己。别人经历过而自己不曾拥有的经历、别人敢于实践而自己不曾尝试的过程，在同一转折点自己与他人的异同，即使在时间轴处于落后的定点，依然会被感染，甚至在瞬间得到通达的顿悟。即使我们有些人“阅读的过程和方式”十分急促，甚至习惯有左眼入、右眼出的尴尬和困惑，其实，只要那些文字流过你的视觉，走过你的思维，精神上的正面推动便已产生。读书往往是为了促进人去思考、反省，在行行文字的空白之间，读出未写出的弦外之音。不一定要在大脑中深深留下墨迹喷洒的细节，在别人的经历外看清投射的自己，才是阅读故事的本质目的。

夏奈的第一本书《不允许哭泣的场合》有种典型的特质——没有在书中不断添加满溢、抽象的正能量，也没有以无聊、空洞的鸡汤故事去拼凑作品的完整性，而是以劝解、答疑的姿态，用自己的故事和经验，做出指引、警醒、暗示和修正，为尚不知前程何在的年轻人立下路牌，与没完没了宣传正能量的书截然不同。那样的书，即使道理讲得再有逻辑，纹路再清晰，也有种名人名言手撕日历般的廉价感，因为，故事是假的。那样的鸡汤，就像是作料冲出来的，即使配料再丰富，颜色再诱人，也没有生活的实在。《不允许哭泣的场合》里写到的故事，都是作者亲身经历或转述他人的真实故事，没有类似“从前有一个母亲”、“一个中世纪商人”等傀儡一样的虚构主人公。不论愉悦或悲伤，浅白或深刻，读完都有现实感留在记忆里。这样的教导方式，具有根本上的说服力。自始至终都有故事作为载体，不像枯燥的课本教程般难以消化。

而这本新书《眼眶会红的人，一辈子都不会老》承袭了这一特点，在“真实性”上再次做到满分。这俨然是种写作道德，更是传授人生经验的必备资格。与《不允许哭泣的场合》相比，这本新书离开在起跑线上的谆谆教导，不由分说地展开旅程，促使读者被动的心大步往前。如果你还在犹豫纠结，这本书中的故事，会带着自由伴你出发。

当我们被客观、缺失感情的时间拖曳向前，不得不面对生活的现实和残忍时，留存心底的那份感性童稚，却还默默保留着初始的生命力量，不时调剂、溶解我们愈发坚硬的心灵。夏奈用自己 25 年的人生经历，浓缩成 17 个关键词语，讲述 47 个真实的故事，也暗示了成长岁月的一次轮回。这虽不是数字游戏，却带着精致用心的设计和诚恳。25 年虽然并不算长，但对很早就悟得人生哲理的人来说，可以展示给读者的东西已经很多了。如作为这本书主线的 17 个关键词——过往、现在、初心、亲情、爱情、友情……直至欲望、自我、心愿，从物质到精神、抽象到真实、表象到内在、外界到自我，多个层次串起一整段成长历史，一部没有轰轰烈烈却异常深刻的个人奋斗史。真实描写了年轻时的疯狂，记录了青春未尽的延续，时而教导活在当下的哲理，又带着对未来真切、笃实的憧憬。整本书是一个连贯的整体，没有哪个章节是最为重要，也没有哪个章节是可以忽略不看。因为17个关键词，代表了每个年轻人生活中可能经历到的一切，它涵盖了你可能没拥有过，但应该拥有的每个关键。

夏奈在这本书中讲述了大量关于“旅行”的故事。其中，有一些观点深得我心。譬如他对传统“度假式旅行”所持的保守态度，主张“与其用游客的眼光去探索城市，倒不如安心地住下来，融入这片社区，像面对每一个平常的日子一样，面对自己在旅行中的每一天”，这很精妙地驳斥了一些人的旅行观，那种设定好一切细节、行程的匆忙旅行，丢失了获取新知、展开冒险历程的精神本质。此外，夏奈对“酒店”这一概念的独到理解，也令我印象深刻——“住在酒店并不意味着将旅行变成度假，酒店是城市文化重要的组成部分”。他将旅行和旅途的核心转为关键词“旅知”，并强调“旅途对我们来说，永不在于了解和认识一个新的地方，而是了解和认识未知的自己”。

书中讲述的旅行故事，有夏奈在北京、广州、重庆等地留下的痕迹，也有在德黑兰、伊斯坦布尔、菲律宾的马尼拉等地巡游的经历。他将笔墨重点放在伊朗，他赞颂在伊朗遇知的一切，所触人文、历史、社会的种种，都揭开了对其陈旧认识的崭新一页。我们不曾知道“Paradise”出自波斯语“Pardis”，更不曾知道在这座屹立风中的天堂花园里，四处绽放的真、善、美的面容。于是，关于旅行，书中从“意”、“行”两个层面，以崭新的思维方式，重译了旅行的意义。而一切最终的目的地，都在于将人生的旅行，提升到自我心灵的修行。

在夏奈所选的17个关键词之中，有很多都是与我们始终相连的羁绊——如友情、亲情、爱情等。在那些故事中，我们读到对亲朋好友间依赖、信任的理解，对爱情两方之间明枪暗箭的逻辑探究和哲学讨论，也带着些现实性的讽刺。故事中没有“一定会得到幸福的王子公主”，实际上，生活除了需要揭穿，还需要一点点运气，永远与遗憾并存。而掌握自我、认识自我、理解自我就显得尤为重要，在追求的过程中将“自我”与他人区分开来，换言之，人只有懂得了自己，才有资格去懂得别人、珍惜别人、爱别人。夏奈将聚散、离别看得透彻，也是这些故事读起来不矫情、不造作，让人意犹未尽的原因。它们现实，却不哀怨；它们残忍，却不决绝。

如果说上一本《不允许哭泣的场合》仍有些课堂教导的意思，那么这本《眼眶会红的人，一辈子都不会老》则是将我们带出自我禁锢的大门，去勇敢践行了。这与徐则臣在《梅雨》中提到的一句“其实病也许早就好了，只差你站到地上去”颇有异曲同工的哲学之妙。像关键词“自我”一章中提到的“永远前进，绝不原地踏步！”伴随惊叹号的催促感，它容不得人一丝的拖沓和倦怠。这本书将你带进实践的步履中，甚至代替你踌躇的过程，强劲地注入了行动力，做出贴近生活的指引。它告诫、劝慰，却仍警示：我们任何时候都不要害怕打破常规，不要在精彩的未知面前畏首畏尾，请永远去过自己想要的生活，请带着眼眶会红的纯挚悸动，怀着一颗跳动灼热的心，尽早懂得生活赋予的使命和真谛。眼眶会红，心亦灼热。那感动的时刻，就在我们旅行中的一瞬——当你为追寻自我而走上旅途，领悟到“自己想要的生活为何”的那一永恒瞬间。

夏奈的文章和故事，总让我联想到自己失去的珍贵时光，感慨万千。在他面前，我没有同龄人的自信，更不用谈兄长般的优越。我曾说，若在大学时能读到他《不允许哭泣的场合》这样的书，那么我现在的生活，一定有很大的不同。终于，这本《眼眶会红的人，一辈子都不会老》给了我一个新的契机——通过这些真实、美好的故事，我了解到：我还有去旅行的机会，我还能把握自己，去过我想要的生活。到时候，我也会有自己的关键词，也会有属于我自己的充实人生。用心品读这些故事，契机将属于我们每一个人。

k e y w o r d

第一个关键词 | 爱情

L o v e

1st

真爱必修课

周五晚上的餐桌上，话题总会在奇怪的领域穿梭。因为明日不用上班，这样的晚上最适合边吃饭边喝酒畅聊。吃火锅盖上盖子等待的时候，更是聊天的好时机。所有的话题几乎是从新闻或八卦开始的，接着就往五花八门的方向走去。不管在场的是男生还是女生，“性”和“爱”，永远是都市小年轻们喝完酒后离不开的话题（好吧，男生大部分可能只讨论前者）。

比如今晚，因为我们的话题一开始尺度就很大，分别是：“一夜情”、“某类人群嗜好症”以及“某类人群一夜情嗜好症”——这种话题当然很容易往“爱”的方向走。

“我的意思是，从我前几任男友身上来看，不管跟谁在一起，你总会发现他是有缺点的。我现在慢慢开始接受这件事了，也便觉得爱情并不是那么牢靠的。”

“我都没有几任前女友，就已经发现这件事了，是不是更可悲？”

“而且男人有时候很奇怪，如果你问他到底喜欢你哪一点，他会回答你什么‘你很有爱心啊’‘喜欢小动物啊’什么的，拜托，那他干吗不去找宠物店的老板娘结婚？”

“对呀，我的男朋友还说什么‘喜欢我会打扫啊’‘碗洗得很干净啊’，他们的大脑到底是什么构造啊？”

“是你们女生太爱问这些问题了啊，而且这种问题怎么回答都不对，实在是吃力不讨好。”

“我觉得这很正常吧，如果你爱一个人，肯定会回答‘觉得你是对的人啊’之类的话，我觉得很多男生根本不是喜欢你，他只是觉得你是他这个条件的人中能碰到的最好选择，所以就在一起了，你不觉得这样很扯吗？他根本就不是爱你耶，如果他条件再好一点，他早就找那些长睫毛美瞳流连于夜店的姑娘了呀。”

看吧，恋爱正在变成一件很麻烦的事。越来越多的人，不愿意将自己禁锢在没有爱的婚姻里，怎奈父母一辈人根本就无法理解这种感情观。他们只是觉得你二十有几快要三十了，怎么说也要有个对象准备结婚生子了。他们从“不准谈恋爱，谈恋爱我就打断你的腿”到“快点谈恋爱，再不谈我就打断你的腿”的转变比川剧的变脸来得还要快。

“有时候，我也会觉得如果能结婚的话，或许就没有那么多事了，可是又不甘心嫁给一个自己根本不喜欢的人；这就好像你在考试一样，看着别人都交卷了，你心里也开始急了起来。”

“嗯，像一场数学考试，你不一定想参加，但是九年义务教育却要求你必须参加；而且别人一个接着一个交卷，你很容易就会受影响，或许知道自己的答案不正确，也把卷子交了；结果成绩下来时，残忍得一塌糊涂。爱情和婚姻就是一场考试，只不过赌注更大了一点而已。”

“对呀，其实就像我们当时学数学，明明只需要知道加减乘除就好，为什么要一而再再而三地去背那些我们几乎一辈子都用不到的导数和微积分？父母就是要求我们要个孩子嘛，那为什么有时候他们又要追究对方的身高、家世之类的东西不肯放呢？难道他们觉得只要对方的身高条件优越，全世界的女生都会心甘情愿跟着他？”

回归正题，有时候想想，我们读书的时候，真的不应该责备逃课的那些人。他们只是更勇敢而已，知道自己不喜欢就选择不去做，宁愿去面对充满不确定的未来。

饭饱酒足，又从一次对话中感触良多。与友人对话，永远是对自己人生的一次审视。有时是愉悦的，有时唏嘘又残忍。关于爱，或许能说的还有很多，而且我们能一直说下去。要当一个聪明人，得经历万千试卷的锤炼，这个法则，在爱情中似乎也是适用的。理想的对象如果是一所名牌大学，爱情则是一场赌注更大的义务教育考试，比起高考有过之而无不及。这场考试唯一的好处在于，我们可以和同场考生相互讨论、互相作弊，偶尔还能得到一些老师们的善意指点。

但愿这场必修课的考试，各位能拿到一张难度不大的考卷，不需要绞尽脑汁去思考过量的未解难题。开卷快乐！

2nd

冷静且不可丈量的东西，才是爱

过了凌晨两点，微信突然响了一声。

我正窝在客栈的榻榻米上看《发展受阻》，心想这么晚会是谁。打开一看，是前不久刚在上海见过面的一个朋友，发来的微信是“巨蟹座该怎么搞定”。关于星座，尽管偶尔看一看的时候发现好像还蛮准的；但一直以来，觉得全然相信星座是很悬的一件事。将人类分成十二种明显是不够的，但若要加上什么太阳和上升就觉得实在是够麻烦。所以谈起星座，常常也只是朋友间茶余饭后打趣的一个话题，倒真没想到会有人在爱情中百分百按照星座的导向来行事。于是，我便回了这位朋友这样的话：“我其实不太懂星座，而且总觉得单看这个东西有点儿悬，关键是要让对方看到自己的努力和爱意吧？”

很快，朋友又微信过来，说：“这可跟我从星座出发的朋友所说的完全不同，他们说如果要跟巨蟹座恋爱，那么一定要让他处于一种肉体上安全、但精神上不安全的感觉。”我在黑暗中，对着手机屏幕一再斟酌这句话，还是想不明白他想要表达的意思。于是我便回复他：“真要从‘星座’这个角度出发的话，可能因为我是天蝎座，还真是不太理解这个概念啊。”我的意思是，如果你喜欢一个人，这样的节奏应该是不对而且很难做到的吧？马上，他又微信过来，说自己也做不到这一点，才觉得很苦恼。

年纪越大，我们就越不肯服输，不愿承认自己会有多依赖一个人。但我心里现在却越来越觉得，真正的爱情是无法冷静的。我在别处看到过这样一句话，觉得用来形容爱情再适合不过，那就是“所有的爱情，都是从想要占有对方开始的”。不管你最终在现实中有没有占有这个人，但你喜欢他的那一刻，必定是在心中想要从身心占有他的。你喜欢的人，你只想自己拥有，不想与任何一人分享，这在当代“一夫一妻”制度来看，其实并不难理解。即便是古代，妃嫔间为了争宠和上位，也是费尽心思不择手段，所以爱情中哪来“大度”一词？所有的爱情其实都是“自私”

的产物。

爱情同样也是无法丈量的。我眼中的爱情，不像煎牛排，有“四分爱”、“七分爱”这么一说，所有的爱情都应该是大小S口中所唱的《爱你爱到死》。这股爱的热流，由内心无法冷静的狂热炙火锻造，融进了每一根神经、每一个细胞，最终将烤得火辣辣的爱意之心，端上华丽餐桌任所爱之人宰割——这才是爱，喜欢就是喜欢，这是一道坎，过了就是过了。它不是跳远比赛，不应该有谁过了一米，谁过了十米之分，所有的爱，都应该是无法冷静不能被丈量的。任何可以被丈量的爱，必定夹杂了其他成分，并不是纯粹的原始的无法被抑制的爱意本能。

Kylie Minogue（凯莉·米洛）有一首歌叫《放弃你（Giving You Up)》，里面有一段歌词是这样的："I can't start giving you up, I'm lost without you; I can't start giving you up, I'm mad about you（我无法放弃你，我已经对你沉沦；我无法放弃你，我已经为你痴狂）。”这段歌词，我认为用来形容“爱一个人”的状态最合适不过。很多时候，“爱”是无法被驯服的野兽，即便知道对方不属于你，因为没办法“Giving Up”，这大概也就是“Love Fool（爱情中的傻瓜）”出现的原因了。真正的爱是百分之百的理性，无论从星座、生肖，乃至家世、背景，都无法阻止它的狂热。所以爱一个人的时候，要让自己对喜欢的人装作“忽冷忽热”实在是自我折磨。若是有一天你发现你和他的感情到了可以丈量的地步，那必定是因为你们之间的爱不再纯粹。

无论是自身因素还是外来影响，当一份爱一开始就可以被丈量、可以被理性对待时，那它还未开始便已经结束。

3rd

你的每一个选择，都是一个新开始

恋爱和婚姻，其实是非常不一样的东西。

我的妹妹，有个从高中开始就在一起的男朋友；她没有告诉我爸妈，但告诉了我。她的判断是正确的，我确实没有干涉她的感情自由。我的父母不清楚她恋爱了，偶尔会一味以长辈的传统思想告诉她：以后，要找个有钱的老公。有一次，妹妹和父母因为这个观点进行了一次“辩论会”。妹妹的意思是：为什么一定要找个有钱人？如果我喜欢的是一个穷人，为什么我不能嫁给穷人？

事后我告诉她，我支持她的理论，也倡导恋爱和婚姻自由，但是我也完全能理解父母想法的初衷，他们和上千万单纯又无知的家长一样，无非是想让你过得更好而已。事实上，我妹妹男朋友的经济条件在当地来看也不算是很差，所以辩论会终究只能是辩论会——因为经济条件而最终与家人谈崩盘的情况，可能永远不会发生在我家。

不过，这样的事情却发生在给我豆邮的女孩身上。

我想先讲个我自己身边的故事。我在上海上班那会儿，有一次早晨坐七号线，刚到站台就听到两个女人在吵架。旁边围着一堆人，为了什么吵起来也没弄清楚。只听到一个女人对另一个女人说："你有钱就不要坐地铁啊，怕挤就自己开车嘛！"

那个时候，上海地铁十号线追尾事件刚过去没两天，早高峰却依旧是人满为患。这些穿着或随意或正式的上班族（包括我在内），无论在心理上如何抗拒刚刚出事的上海地铁，都会依旧抱着战死沙场的决心拼命把自己挤上车。这就是繁华都市中一群人的无奈，他们失去了对于生活很多方面的选择权。

我再讲一个我做过的梦。

有一晚，我梦到我妈不知因为什么跑来广州打工。我从上海回去看他们，她跟外公外婆住在我小时候住过的邮政局员工宿舍，房间很狭小，又放满了被褥和一堆杂物。妈妈当然很高兴看到我来，我却能莫名地感知到她的窘迫和无奈。也不知道是从哪个地方出来的一个女孩子，跑来告诉我妈妈一天的工资只有 80 块；说这话的时候，妈妈低着头坐在床上，一声不吭地看着鞋子，像个孩子一样一脸生怕我斥责的模样。被闹铃吵醒后，发现自己第一次能把一个梦记得如此详尽又完整。深觉自己真是已经长大，好像我变成了妈妈，妈妈变成了依赖我的小孩。那个时候我隐约感觉到自己内心深处的刻薄和决心——贫穷，一定是远离我妈妈的东西。

尽管知道这只是个梦，但却觉得身边充满了这个梦的影子。大学毕业后，那些又好又老实的同学却被欺负得最严重；很多时候看着他们的处境自己都会慨叹世界的不公。所有这些困难，归根结底都指向一个源头——贫穷。

有些人生来就高枕无忧有恃无恐，有些人拼了命努力生活却得不到命运任何的奖赏。无论是文学作品中的郝利小姐，还是影视作品中的小镇姑娘，出身贫寒却想出人头地的她们最终无不落得一个悲惨下场。难道身处贫穷的这些人，连一个飞上枝头的梦想都不配拥有？这样的人生未免太无存在的意义和价值。

在我看来，贫穷和富贵像是两条开往不同目的地的地铁，总有无数人想要在换乘站挤上富贵这辆列车。而这个城市就像一个依附着权势和金钱的贵妇，用挑着浓密睫毛膏的双眼冷眼看着这些彷徨又无助的乘客。

到底要不要跟一个男人结婚，素昧平生的我肯定没办法给你做决定。但恋爱和婚姻毕竟是两码事，你需要更谨慎地深思熟虑。没有一个童话故事是讲述王子和公主婚姻生活的，因为婚姻不是儿戏的童话。我不是希望你成为在宝马车里哭的女孩，也不是要拆散你和你的贫民王子。在你把一辈子赌在一个人身上前，我只是想告诉你：你一定要有足够的心理准备，因为前面的路还会有很多困难。

古人诚不欺我辈，“贫贱夫妻百事哀”还是有一定道理的。你当然可以抓紧你身边人的手共同奋斗，用真爱将这些苦难一一化解。前提是，你的另一半至少要有上进心；如果他跟不上你，你就有可能会变成《在云端》里的Vera Farmiga（维拉·法梅加）。

但愿你的每一个选择，都是一个新的开始。

4th

看得见彩虹，我们却都看不见风

日剧《不结婚》的第三集，桐岛完成自己的第一串花束，然后带回家给奶奶做礼物。进门的时候，妈妈告诉桐岛："奶奶今天中午在抱怨，说活得这么长寿真是太抱歉了。"

人真是奇怪，好像自己帮助不到任何人时，活着便觉得成为累赘。怪不得连一向坚强、视"寂寞"为闺蜜的桐岛，也感叹说："我到底有没有变成对某个人来说必不可少的人呢？"是不是人总是需要被需要，而存在感近乎于零这件事对大部分人来说就等同于生命的尽头，等同于失去活在这个世上的意愿？如果有一天发现世上的任何东西都不需要你，你会不会觉得生和死其实没有什么区别呢？

而开始接受别人说自己习惯“与寂寞为邻”这件事，大概是同龄人都已经到了不得不找另一半的时候，日常的大部分时间里，也不会再有学生时代一般一群人来做伴，这样的生活方式，必不可免会被外人认定是“寂寞”的。毕业三年，身边来来往往的人很多。有些人似乎转个弯还是和你站在一起，有些人只是回个头就已经和你各奔东西。在异乡什么都要靠自己的情况下，难免和桐岛一样，连寂寞都当成了闺蜜；活得像是不断猎食的豹子，守着自己的地盘固执得无可救药。

有的时候，没有办法问自己这样子生活是不是对的，因为生活好像没有给你第二个选择。

今天晚上，我跟婷婷约了在三里屯的Union吃饭。席间，她告诉我自己前些天见了一个台湾来的女人，四十岁了，自己一个人，到处旅行，四海为家。她没有结婚，用她的话来说，那就是：“生活有时候对人并不是公平的，一些东西，有的人有很多次机会，但有的人可能只有一两次机会，却还是错过了。”然后婷婷就问我，最近身边会不会有很多人结婚。“为什么这么问？”我一边对付着长条的芦笋，一边抬头问她。“我也不知道，但我身边最近有一大拨人结婚，请柬收了一份又一份，好像大家都在赶着做这件事。"我们吃完饭，去星巴克买咖啡豆，她接着说："爱情这种东西又不是说有就能有的，很多人口中的结婚，只是跟另外一个人凑合着过日子而已。"

我有大半年没写"爱情"这件事了。不是自己写腻了，也不是觉得这个话题被别人写腻了；而是有时候自己问自己"爱"是什么，发现自己也答不上来，好不容易脑海中有了一个看起来靠谱的既定答案，但顷刻间又会被自己全盘推翻，这样写下去，都不知道自己眼中的爱情到底是什么。可能爱情像是一部电影，有些人觉得捧着爆米花看完就足够了，有些人却追求刺激希望是一部动作片，有些人希望浪漫一点就像在演偶像剧，还有些人自己有足够的故事情节希望是一部剧情片。好比没人能回答一部"电影"到底是什么电影一样；因为不同的人对于爱情有着诸多不同的评判标准，所以没有人能够准确地说清"爱情"究竟是什么。

陪婷婷走去地铁站的路上，我们还在聊着这个话题。"我们读书的时候，常常有人对我们说，面包会有的，爱情也会有的；面包通过自己的努力的确可以有，但爱情不是，爱情是奢侈品；不，比奢侈品还要高不可攀，奢侈品如果你特别特别想要，通过努力还是可以得到；但普天之下这么多人渴望着爱情，又有几个人真正得到了呢？”恐怕事实真的是这样，如果说人生需要被揭穿的话，那么大家应该知道的第一句话就是：“面包不一定会有，爱情更是不一定。”诚然，我们从很多书籍或影像中看到“爱情”的果实，但并没有人看过“爱情”的样子。

正如蔡健雅给那英写的那首《长镜头》开篇：“看得见彩虹，我们却都看不见风。”也正因为这样，才觉得可以规划和预见的“爱情”，充满了不切实际和空洞。“如果能跟寂寞相处，是不是就不会伤害到任何人了呢？”日剧《不结婚》里，在门外睡了一夜的千春，这么问桐岛。我到现在也还是不知道该怎么回答这个问题，只是，我会更明白那位台湾女人说过的话：“生活有时候对人并不是公平的，一些东西，有的人有很多次机会，但有的人机会可能只有一两次，却还是错过了。”

爱情，有时候可能就是凭运气才能搭上的末班车，幸运儿能在最后一刻上车，不够幸运的人，即便觉得遗憾，大概也无能为力了。

5th

只要现在，用尽全力去爱就好

阿鼻洋洋洒洒发来了三段超长的微信。

秋子说，阿鼻说起话来，总是喘着长气，好像活得很累很累一样。我也不记得是什么时候认识阿鼻的了，潜意识里就觉得这个人会成为自己的朋友，尽管他常常不被上天眷顾，却拥有不少值得被眷顾的地方。阿鼻也常常说着“觉得不会有人爱我”或者“活着其实也没多大意思”的话，但即便已经阴沉到这个程度，依旧掩埋不住一颗想爱的心。“我这个人就是贱，别人对我好一点，我就会觉得她是喜欢我的；可能别人根本就不是这么想的，但我还是会不由自主喜欢人家。”

感情的事，似乎说什么都不全对。如果鼓励你勇敢去爱可能会害你受伤，但鼓励你放弃却又反而会把你推向“未实现愿望的终身诅咒”的深渊。所以最近面对感情求助的邮件，反而看得更加客观，基本上都统一回复：“问你自己的心，做不让自己后悔的选择；有些爱情可能注定没办法走到最后，但如果自己尽力了，就不会有遗憾。”并不是因为想省事而简单一句敷衍了事，而是觉得对于感情来说，“把握当下”这个论调似乎也同样合适。

我几乎写过了所有奇怪的感情纠纷，但仍旧不断会收到雷同的求助邮件；于是我也开始反思，有时候是不是我说那么多话，反而是无益的；我该做的，从头到尾或许只是推别人一把，让别人自己去思考，去理清，进而得出自己的结论，而不是只听我一家之言。

所以，无论是爱情、工作还是自我实现，其实都可以套用“问问你的心”的理论，反思比单纯听过且过要有用得多。

我也知道，有一天，你也会像阿鼻一样，不理解自己最初为什么喜欢上这个人，或者说面对这个人时无论如何都不会再有当时的爱慕冲动。与其在感情萌发期砍断，不如让你自己“小马过河”去趟趟水，谁知道呢？幸运的话，或许你们能修成正果；即便是不幸，你也无需忍受一辈子质问自己“如果当时勇敢一点，现在会是怎样”的折磨。实践是检验真理的唯一标准，这或许是高中的政治书上真正能对我们的人生有点帮助的话了。

所以，在这一章的最后，只想对各位说：只要现在，用尽全力去爱就好。这么想着，去做心里想要的决定吧。在我们遍体鳞伤以前，我们都是最英勇的爱的战士！

k e y w o r d

第二个关键词 | 眼界

O u t l o o k

6th

做你觉得伟大的事

我的室友大多数时间，都要加班到凌晨以后。她并不热爱自己的工作，但是觉得七千块的薪资丢了实在可惜。我虽然看不过去，但还是尊重她的个人选择。后来有一天，她因为一点儿私事在周五下午请了假，结果周末我们在静安香格里拉喝下午茶的时候，她的 HR 打电话让她周一提前去上班，并说老板想跟她讨论一下“在公司人人都在加班唯独她周五下午请了假，周末还在香格里拉喝下午茶”这件事。我们猜她老板大概是通过她的朋友圈知道了她的行踪。社交网络发达的坏处之一就是任何时候你都好像处在被全世界窥视的状况中。

她的老板后来在周一的时候斥责了她，说公司希望招那种把

“工作”放在第一位、为了公司奋斗的员工。她觉得太可怕了，最后还是决定辞职。对于在大城市打拼的年轻人来说，无休止地工作不是最可怕的；可怕的是无休止工作后所带来的身心疲惫感，延续到了下班后的生活，慢慢在吞噬掉他们工作之余的日子。而造成这个情况的当事人，从不会觉得自己有什么不对，他觉得他给你钱，你为了钱卖命是应该的——真的是“卖命”。

不管政府、企业家乃至学者多么不愿意承认都好，但我们现在所遇到的情况，就跟十几岁时我们在政治书上读到的那样：每一个企业，其实都不在乎你的远大理想，他们只是希望自己尽量多点榨取你的剩余价值而已。“不要假惺惺地跟我谈什么梦想、理想，其实每个人这么拼，都是为了钱。”一个真人秀节目的冠军曾经在自己的微博中写过这样一句话。这句话其实不偏激，随着你在职场摸爬滚打越来越久之后，你会发现 90% 的人都在这么活着——这就是社会，这就是现实。

对于成为钱的奴隶这件事，其实人们已经麻木了。因此也就常常像我的室友一样，为了钱忍气吞声，对不喜欢的一切睁一只眼闭一只眼，凑合地过着各自的日子。我母亲，把一辈子都献给了一个国企，她并不算是热爱自己的工作；我小的时候，有时候她工作不顺心，还会把怨气带回家。但她从未想过离开这一份工作，因为对她来说这就是她的“铁饭碗”，可能离开她就什么也不会做了，抑或她已经赌上了自己的青春，现在离开，对于人生来说成本太高了。

但对我个人而言，如果做什么都为了钱，我虽然不会觉得这样子有什么不对，但会觉得这样活着其实很可悲。

如果你还年轻、如果你有选择、如果你有理想、如果你有天赋、有自己所规划的未来，我并不希望你为了几千块就这么浑浑噩噩地过一辈子。不要觉得我写到这里，又要变成所谓的心灵鸡汤。我不是单纯地想告诉你要努力要加油，我是理性跟你分析，如果你真的不喜欢现在的生活，趁早离开比拖着所耗费的青春成本更低。除非你实在是活在最底层，丢了这个饭碗活不下来，不然我希望你停下脚步回头看看自己所做的，到底是不是自己所热爱的东西。等到你四十岁你才想过自己的人生，那可真是心有余而力不足了。

“成就伟大的唯一途径，就是做你所热爱做的事。”这是苹果公司在加州创立工作室时的口号。如今他们已经成为 IT 市场上数一数二的龙头企业，但他们依旧遵循着这最初的宗旨。也因为如此，他们才创造出了一个又一个令人惊叹的产品。

热爱你所热爱的，不是指假装或者学着热爱你现在所做的事，而是从这一刻开始去做你喜欢的、与生俱来便热爱的东西——哪怕是歌唱、画画，抑或是写作。先别想着赚多少钱这码子事，如果你的出发点一直是所做的事情赚多少钱，那么你的人生便永远都被金钱牵着鼻子走，自然不一定能做自己喜欢或者想做的事，你也没有办法把一个自己都不喜欢的东西做到“伟大”（除非你热爱的就是赚钱，但我觉得一个人如果除了爱钱，这辈子什么爱好都没有了，那真可是无趣的一生）。到了四十岁再明白你为了所谓的社保和安稳晚年，竟然消耗了半辈子的人生，恐怕也已经回不了头。

做喜欢做的事，想做的事，热爱的事，你才会从心底觉得开心，才会觉得人生有存在的意义和价值，才会觉得在生活中是可以获得幸福的。记得我一直在重复说的话：要认清楚，对大部分人来说，工作真的只是获取物质回报的一个手段，它不是你的生活，它也不应该侵略你的生活。常常问问自己：“我工作是为了什么？”“我现在的生活有变得更好吗？”“我现在过得开心吗？”“我希望现在这样的生活继续下去吗？”没有人有资格对你说他的公司比你的一辈子还重要，这不是封建时代，你没有义务为了一个体系“卖命”。

生活永远排在“工作”的前面，因为只有生活，是完全属于你自己且由你所掌控的。

7th

你应该知道另一块蛋糕是什么味道

我在大理的时候，遇到了很多穷游的驴友们。有些大概是学生，趁着假期出来旅行，不希望花父母的钱，所以用自己省下来的并不多的积蓄支撑这次旅行；有一些则是天生就喜欢穷游，喜欢住在四人间中，与素未谋面的上铺住客打成一片，在客栈的院子里谈天说地。

我骨子里是不排斥穷游的，而且我读大学的时候也做过一模一样的事情：和三个同学，从广州出发，坐了十三个小时的硬座到厦门；然后在凌晨六点抵达厦门火车站的那一刻，拖着已经累散架的身体，顶着油腻腻的头发，还不忘在火车站拍照纪念自己的第一次旅行。那一次旅行，全程由其中一个同学做攻略，怎么省怎么来。

在伊斯坦布尔的时候，我住在国际青年旅社，一周的时间，认识了来自欧亚十几个国家的朋友。直到现在我们都还邮件往来（他们常常问我为什么没有 Facebook），我极力邀请他们来上海，住在我家，让我带他们去探索这个位于中国的魅力大都市。

我认为，穷游的意义在于有趣的人和事，并不在于“省钱”。但国内的很多旅游，把“在旅行中花最少的钱”或者说“如何不花一分钱去旅行”作为旅行的标杆，不仅会给别人带来负担，也会给自己带来危险。我不太能理解这些不顾人身安危声称自己是“彻底的穷游族”、“只爱穷游”的人。

有女孩子在穷游时沿路拦车最后差点儿被强奸，也有女孩子选择逃票路线穿行西藏墨脱结果直接“人间蒸发”。为了省钱，拼上性命和人身安全做赌注，真的值得吗？这种趋势在病态地增长，丝毫没有人意识到这已经偏离旅行原本探索的意义。

旅行是应该多样化的，在我们资金有限的前提下，穷游是一种经济实惠的选择；但当我们可以支付得起更好的选择时（比如那个穿行西藏失踪的女孩根本就可以支付得起门票钱），为什么一定要选择这种铤而走险的逃票方式呢？就为了最后竞争谁在这次旅行中花了更少的钱？

我自认是一个“客栈控”，跟客栈里的人很容易打成一片。但我也是不折不扣的“酒店控”，我热爱城市中富丽堂皇的酒店，并不认为在旅行中竞争谁花了更少的钱是一件值得炫耀的事。可不要觉得我拜金，我只是觉得从这种观点上出发的穷游反而让人错失了很多东西。这些酒店，大多数占据了一个城市或旅游区最好的位置、最方便的交通，乃至最好的客房卫浴和餐饮，在经济条件力所能及的情况下，为何一定要拒绝一个更舒适的旅行？

我写下这篇文章的时候，身处宁波的香格里拉酒店，在这里的豪华阁，我第一次感觉到旅行可以如此地惬意和自在——这里提供免费的自助早餐和傍晚时光的 happy hour、全天候免费的网络和软饮畅饮，还有免费熨烫衣物，这一切都让旅行变得更加无忧无虑和自由自在。你当然还是可以一样握着单反走街串巷去感受宁波三江口的海港风情，并且，清晨七点，站在三十层高处望着卧室外边的三江口时，我觉得这一切美得不像话。

想象自己身处千岛湖的滨江希尔顿酒店，独自一人面对空旷的千岛湖，或是漂浮泳池感受自己融入到整个湖里，光是想象就足以让人觉得这样的旅行实在令人陶醉。穷游大概是热闹非凡、认识五湖四海好朋友的旅行方式；但总有一些时候，你会想好好安静下来，感受一个人的旅行，在告别喧嚣之后一个人坐在窗边或海边，感受天人合一的极致和不可思议。住在酒店里，并不意味着将“旅行”变成“度假”；事实上有非常多的酒店，就是一个城市里文化的组成部分，例如静安香格里拉，占据“海派文化”发源地的中心，或是外滩旁的和平饭店，几乎有着与这个城市齐名的历史；探寻着过往人留下的足迹，去发现这个城市中隐藏的文化私密，未必不是一种旅行中的享受。

Lana Del Rey 演唱的《Young And Beautiful（年轻貌美）》里有这样一句歌词：“I've seen the world, done it all, had my cake now.（我已看尽世界，做够傻事，也尝过甜头了。）”旅行如此，人生也一样，在吃下另一块蛋糕前，别这么着急确定手上这块就是你的最爱。

你应该知道另一块蛋糕是什么味道，再做决定。

8th

但愿有一天，你能随心所欲支配自己的时间

我跟 Eric 约在三里屯见面。

在大城市约见，似乎总是要选到饭点，大部分人都只有这时候的时间才属于自己，并且除了在饭席间聊天，我们似乎没有其他更好的选项。所以，我们原本的打算是去三里屯的新元素吃饭。但见面后，他问我“饿吗”，我回答不是很饿，于是他跟我提议干脆找个地方喝两杯。

我们选的酒吧在很不起眼的小地方，名字叫一藏，似乎知道的人也不多。这家酒吧的老板是日本人，但是中文讲得还可以。酒吧其实很小，只有两三个包间，我们最终选择坐在吧台。

Eric 最近打算辞职，我们这次聊天的话题也就围绕着这件事展开。坦白讲，Eric 的工作会令不少同行羡慕，在一家 4A，手上的客户是知名的航空公司，并且职位也还不错。从表面来看，一切都没有什么大问题。但他对我说："太累了，我根本没有自己的时间，常常需要加班到十点甚至十二点，下班后就直接回家哪儿也不去，有时候想想，这么活着挺没劲的，都没有一丁点儿的时间是留给自己的。"

他跟我说，自己不仅要辞职，而且打算转行。在这一行待了五年后，终究还是觉得自己并不喜欢这一行的工作模式。有时候，工作与爱情出奇相似，比如现实中的爱情根本不像电视剧里渲染得那么浪漫和煽情，现实中的工作也根本不像我们想象中那么光鲜且富有创造力。即便是很多标榜着"创意"、"创新"的工作，也在试图将人变成流水线一样的机器。"创意"在这里不是巧夺天工或神来之笔，只是一个流水线产品里固有的量产添加剂。这样的工作确实令人沮丧，但大部分人并不会像 Eric 一样决绝；他们忍了下来，继续为这种工作出卖自己的时间。

我曾经说，"工作"其实不是人的"自我实现"本身，"工作"只是便于"自我实现"的前提或物质保障而已，但很多人都没有看到这一点。事实上，如果用最简单的话来说，工作其实就是贩卖自己的时间，将自己可支配的时间卖掉，换取物质回报和潜在利益；从这一点来讲，工作真的没有什么伟大的地方。这也是为什么我认为即便是职场新人也应该得到更高物质回报的原因，因为新人们所贩卖的恰恰是人一辈子生命中最黄金最宝贵的大好青春。而我们本身也应该明白，如果你随随便便接了一份收入糟糕或回报低廉的工作，本质上是对自己的时间和价值的践踏。这一点上，高收入者的自尊心和优越感便显得无可厚非。

到达这个高度的 Eric 选择辞职，对很多人而言会有一点可惜；但人并不能在高度的层面上去量化我们的时间，简单来说，不管是一小时八块钱，还是一小时八千块，本质上这都是在贩卖自己可支配的时间。当我们工作了一段时间后，当我们有足够的能力后，我们当然可以选择买回自己的时间，重新支配自己的人生——这大概就是 Eric 在做的事，这么一想就会觉得没什么好遗憾的。我是相信，每个人都有与生俱来的天赋。只不过在成长的过程中，当我们开始学习和承担外界所要求的“成功”时，很多人还未来得及发现自己的天赋就已经将其舍弃。很多人之所以不放弃“工作”，大概也是因为除了工作，他们也不清楚自己究竟想要什么自我实现。

工作，其实是牺牲或商业化自己的天赋去学会的一项谋生技能，它不是与生俱来的，因此也不具备不可替代性。我今天看到一条微博，是这么写的："假如你病倒了或者猝死了，你服务的单位会第一时间找到人替代你，一切如常运作，你没想象得那么重要；而你的家人、爱人的天都会塌下来。所以再别秉持什么家人生病不回家、父母去世不奔丧、老婆分娩不去陪而'坚守岗位'的变态价值观了。适度工作，多陪家人，爱惜自己！"对每个人来说，成为千篇一律的白领，还是追随天赋成就独一无二的人生，这都是一个艰难的选择。我衷心祝福辞职后的Eric，能够更加明白自己想做的事，随心所欲支配自己的时间，成为一个不可"被替代"的人。

我的第一本书发行后，有一些老同学在微博看到书的消息，重新跟我取得了联系。但被问得最多的问题大概就是："写书能赚多少钱？以后就写书了不上班了吗？"坦白讲，我还真没算过我第一本书能拿多少钱，大概是因为我并没有把它当成要有高额物质回报才做的一件事。我的书，大概是一辈子都不可能卖得过郭敬明的《小时代》，也有可能根本就没有几个人会留意。

但对我来说，这些都已经是次要的了，重要的是：在写这本书的每一个晚上，乃至我与文字面对面时的每一个瞬间，我都能清楚地感觉到自己正在掌控自己的时间，正在用可支配的时间做着自己想要做的事，单是这一点，就已经足够令我庆幸和快乐。

k e y w o r d

第三个关键词 | 生存

S u r v i v a l

9th

上海会爱你吗

每年的八九月份都是“租房一族”最忙的时候。刚毕业的年轻人，七月中下旬就会被学校赶出来，如果自己家不在毕业的城市，能蹭住在亲戚家的会先在亲戚家过渡一段时间，但大部分人就只能踏上找房租房这条不归路了。而毕业三四年的老油条们，因为一年一契约的常例，在这个时候也到了续租或者重新找房的时候。这个时候的朋友圈，几乎每刷五条，就有三条是在吐槽找房这件事的：“再找不到，就要睡在东直门的大街上了”“跪求徐家汇附近房源，实在不行远一点儿也可以，只要地铁可以到”“周末找了两天房都没有看到合适的，还得了重感冒，有种被世界遗弃的感觉”。五条中剩下的两条里，还有一条是在吐槽贱房东的：“哎，又涨价了，一年已经涨了两次，绝对不续租了！”

我去年找房时曾经看过一个房子，就在我现在住的房子楼下。这个房子装修极其简单，而且房东硬是把一个三室一厅用木板隔成了一个四室，更离谱的是要价 9000 元一个月，我觉得简直不可思议，但也一直有人打电话进来要求看房。我搬到楼上的房子以后，发现这个破地方竟然还真的有人住进来。“租房”这件事在任何一个大城市来说都是卖方市场，地就这么一点儿，中心区的楼盘基本就这么几个，人人都想住得靠近市中心或者办公区一点，房东根本不怕租不掉。因为对于买方来说，找房、租房乃至于搬家，都是一件非常吃力不讨好的事情。有时走到最后，你要么就是接受并承受高得离谱的租金，要么就只能降低标准委曲求全先住进去，就像是到了适婚年龄因为社会压力不得不随随便便找个不爱的人结婚一样令人沮丧。

找到房子还不一定意味着万事大吉。就我个人和身边人的经验来说，即便是找好了房子，一年后能谈拢续租的人也很少很少。这也就意味着，这样的噩梦基本上一年会循环一次。要遇上一个好房东，真的是很难的事。我其实挺理解房东要涨价这件事的，你也很难站在“唯利是图”的点上去批判他。因为一开始你对他来说就是一位顾客，他不是你的亲戚也不是你的长辈，自然就没有义务要对你礼让或客气。而且房东不会跟你住在一起，不了解你的秉性，自然不会对你“日久生情”，也不会看在什么往日情分上不涨房租。

不能续租的原因当然也不尽然都在房东一个人身上，有时候租客也有一定的问题。

我发现我身边租房的年轻人基本上都有一个共同点，那就是他们并不会因为住的日子久了就对房子充满感情，他们在一住进去的时候就能清楚意识到这不是自己的房子，自己迟早要搬走（哪怕是一年后或是几年后），所以没有人会把这里当成“家”。到后期快要搬走时，几乎不会有人想要爱惜房子或打扫卫生。将脏兮兮的烂摊子丢给房东和中介去收拾，自己不如花点钱一走了之。而且听说在北京，无论你把房子打扫得多么干净，如果是通过中介租的房子，那么中介很多时候都会扣掉你的一些押金。总之，大千世界无奇不有，找房尽量不要通过中介不是没有道理的。

回到刚刚说到的“家”的问题。

这其实是一件还算诡异的事情，那就是你住的房子，你并不把它当成是一个家。但基于“委曲求全”在租房中实在是见怪不怪，这种事情多到一定程度后，就不会有人觉得诡异了。在很多人眼中，自己现在租的房子，只不过是提供住宿的一个地方而已，室友们可能相互不认识，甚至见到面都羞于打招呼，也就是这样，“隔断间”就应运而生了。我在上海曾经住过一个叫中远两湾城的小区，这个小区刚建成时因为是上海第二大的小区，所以口碑相当好。但因为靠近火车站，而且隔断间越来越多，住进来的人素质也开始参差不齐，到现在已经是出了名的“屌丝之城”。我当时虽然住的不是隔断间，但房子到期后，也选择搬走了。

我有一个朋友现在住在那里，也打算十月份搬走。他说两湾城风水不好，每年都有人跳楼。我不太懂风水这个东西，但我确实觉得住在隔断间里的年轻人们实在很难找到自己留在这个城市的意义和价值。我还住在那里的时候，有一次因为不想出门，就随便在家附近找了家洗剪吹洗头。帮我洗头的小姑娘是个外地人，刚来这个发廊半年，才十七岁。她说她也住在两湾城，房子是一个八人隔断间，里面只有一张床和一张书桌。她只认识住旁边的一对小夫妻，因为跟他们碰面的次数比较多，其他人都不认识，只是早上在洗手间见到面的时候会象征性地打个招呼。我突然觉得心里很不好受，快洗完时，我问她："你喜欢上海吗？"她回答说："我喜欢，挺喜欢的。"冲完水用毛巾给我擦干头并包起来以后，她突然小声加了一句：

"但……我不知道……上海喜不喜欢我。"

我听完愣住了，不知道怎么回答她好。

走回家的路上，我一直在想这个问题。我在租住的房子里拼尽全力做了很多让自己觉得这是我"家"的事情。比如我一个星期至少会做几次饭，比如我在每一个房间都放了家居香氛，比如我在餐桌上摆了一个插满干花的花瓶（偶尔有朋友来做客时也会插着鲜花）；再比如我和室友在久光的超市买了很贵很贵的下午茶瓷具，好像这样做就会显得除了睡觉的时间以外，我们其实有很多闲适的时间是可以安安心心待在这个房子里的。但即便这些"证据"都摆在面前了，我当时还是无法下一个肯定的结论：上海喜欢我吗？上海会爱我吗？

从两湾城搬出来后，我又找到了新的房子。有一段时间，上海经常刮台风。某一个清晨，我拖着刚睡醒的身子上洗手间，迷迷糊糊中听见了窗外呼啸的风声。夹杂在风声里，还有几声野猫的叫声和男人骑着自行车用上海话喊着不知道是“回收旧彩电旧冰箱”还是“豆腐花哟豆腐花呀”的声音。声音很快就走远了，渐渐被呼啸的风声掩盖。“要下雨了呀。”我自言自语说了一句。我关上了窗，点开了豆瓣 FM，又给自己泡了一壶热茶。

茶叶是前公司的同事送我的，从伊朗买回来的，香味跟国内的茶叶和欧洲的花果茶都不一样。热气和茶香很快就溢满了客厅，因为关了窗子又开了 FM，这时候的屋子里已经听不到窗外呼啸的风声了。我喝着茶站在落地窗旁看着车水马龙的长寿路。有人开着车“嗖嗖”经过，有人骑着电瓶车焦急地等在路口，也有人已经开始在疾步行走……雨很快就要下了，但大家都不知道什么时候会落下来。每个人都显得很匆忙，整个世界就好像只有我气定神闲地站在那里看着他们。也就是这一刻，我觉得这里就是我家了，这一刻自己是在一个“家”里面，连刚刚听到的自行车男子叫喊的声音都像是用客家话喊出来的。

也就是此时，我心里想着，至少这一刻，上海是爱着我的。

10th

渺小又庞大，卑微却矜贵

我最近开始看纪录片，以前我总看不下去，觉得这类片子没有情节，甚至没有故事，无法吸引自己看下去。其实这跟大多数人的想法很一致：纪录片总是很真实，不是所有人都愿意去了解这些残酷的真相。

上周末跟 Meiya 一起看了一部叫《归途列车》的纪录片，我被里边的真实彻底震撼了。片子携着奖杯和口碑从海外归来，即使拿到了国内公映的资格，却依旧与大多数主流影院无缘，原因很简单：这些影院的负责人一致认为，没有人会为这“廉价的梦想”买单。

“你愿意为梦想花多少钱？”有没有人曾经想过这样一个问题？也许在很多人眼中，梦想是高贵的，它无法用金钱衡量。然而造梦的人太多，梦想便像是流水线的产物，以千篇一律的包装随着轰鸣的火车驶进城市，而城市真的能接纳这些梦想吗？《归途列车》里，女孩张琴与她的父母将自己的梦想寄托于广州这个大都市。然而广州却用春运时火车站的人潮告诉他们：这个城市的梦想已经超载，一个人的梦想也许只能永远被埋没在这无边无际的人潮里。

我写给《奋斗》的影评里，有这样一段话："在你很小的时候，你身边的人告诉你：在这个世上，有一个叫上海的白马王子。他不仅身份显赫、人长得帅气，还拥有我朝最豪华最奢侈的宫殿。他有用不完的金银珠宝、喝不完的琼浆玉液以及穿不完的华裳丽服——只要嫁给上海，那么一辈子就不用再为生计发愁。于是你从不懂事时就开始刻苦用功，不管暑天寒冬一路悬梁刺股拼了命地学习各种知识礼仪，只为了有朝一日能嫁给上海。终于，学有所成，顺利把自己带到了上海面前。正当你想将一生托付于他时，你却发现原来你只是后宫三千佳丽中的其中一位。没有人会为你的失落而难过，因为每个人都在忙着嫁给你的白马王子。"而这一次，在《归途列车》里，白马王子换成了世人眼中的暴发户——广州。

城市里的农民工像是蚂蚁一般渺小，而被称为"农民工聚居地”的广东省，农民工数量更是庞大得惊人。2012 年 9 月，广州的“农民工博物馆”正式开馆，农民工作为一个时代印记将彻底被印在广州的城市烙印里。然而即便是如此，他们的梦想在很多人眼中还是依旧如他们的存在一样卑微。《归途列车》里，女孩张琴执意辍学，要实现自己“自由自在”的梦想；她稚嫩的脸上写满了与年龄不对称的坚毅，天真的双眼透露出对于梦想的执着和坚持。然而最终，她的梦想被埋没在一个又一个工厂和酒吧里。她纺着自己买不起的牛仔裤，端着自己喝不起的威士忌，在夜夜笙歌的南国茫然地面对着现实，在她心中，梦想是矜贵的，她坐上火车，熬了几天几夜将梦想带到这城市，然而城市却用霓虹灯毫不留情地骗了她。

张琴没了主意，只能走一步算一步；然而在这个乡下来的女孩眼中，城市是新鲜的。第一年，她和父母到广州火车站排队买票回家，她竟被浩大人群的阵势给逗笑了；母亲毕竟挨过苦，批评她不懂事，这个时候竟还笑得出来。后来，他们等了三天三夜才挤上车，母亲以过来人的胜利姿态再提及她的笑，她依旧赌着气蛮不讲理不肯认输。也正是这股倔劲，让她与父亲在大年三十大打出手，她不肯妥协，不肯认父亲是“老子”，还口口声声说自己是“老子”，父亲一怒之下，一个巴掌狠狠打了过去。这一个农民工家庭用一句“老子”折射了整个中国的现状，对于我们来说，究竟自己是“老子”，还是集体是“老子”？

《光棍儿》的导演郝杰，在接受凤凰卫视《冷暖人生》栏目组的采访时说道：“我们那儿有个水利局局长，从我们那儿出去的，可能是顾家沟出去的，我还不认识人家。说拍这种东西，丢我们顾家沟的人，骂老杨啊，回去之后，我明天把你抓起来。”看，越是真实，就越是可怕；所以这些人宁可听一些“谗言媚语”，也容不进一句不好听的话。这也是为什么电影院的负责人总是对那些飞天走地无所不能的“变形金刚”大开绿灯，而对于这平常人家的真实梦想视而不见。

真实，就是纪录片的一切。你会在纪录片里看到海豚被刺杀，也会在纪录片里看到父女大打出手，这些真实的不矫揉造作的片子，用粗糙的镜头展现出一个撕掉面具下的世界以及这个世界中生存的每一个个体。影像中的他们出身平凡，过着枯燥的日复一日的生活，得不到童话故事的眷恋，也经历不了事先编好的狗血人生。他们是渺小又庞大的个体，他们的梦想卑微却矜贵，他们的情感真切且直接。没有华丽台词和巧妙编剧，没有精致妆容和时尚戏服，没有高科技特效和科班演技，这些人却用自己的真情实感，说着平淡却震撼人心的人事。

只是，你愿意花钱去影院支持被粉饰得如童话般美好的剧情片，还是这真实得刺痛人心而令人心碎的纪录片呢？

11th

关于乞丐的二三事

搬家暂离上海，是件颇为麻烦的事。

尽管事先我已经清出两大箱东西搬去苏州，又将一箱书和衣物放在了秋子家；结果搬家当天却还是理出五大袋东西。行李的多少其实就是衡量你在一个城市是否扎根的重要指标，想当初我刚到上海时明明只提了一个空姐拉杆箱而已；这五大袋东西都不知道是何时突然凭空出现，整理完后连我都大吃一惊。根本无法提着这大袋小袋的东西走去地铁站，只好叫了的士。想着离家近，便和室友选择在上海火车站出发，懒得跑去虹桥。结果到了才发现由上海火车站发车前往杭州的动车最早也只有六点一趟；最惨的是上车半小时之后，列车的第一个停靠站竟然是上海虹桥。

上海虹桥站建成后，上海火车站就显得更加一文不值。装修老派过时，它有的车次虹桥都有，虹桥有的车次它却不一定有。不过这倒也不是我最反感上海火车站的原因，我最反感的地方在于上海火车站真的是鱼龙混杂，充斥着各式各样的爆炸头。更令人气愤的是，只要你在候车室等车超过一小时，就一定会遇到超过五个向你乞讨的乞丐。这些乞丐有老的、少的、四肢健全的、四肢残缺的……五花八门从不重样。他们像与火车站融为一体一般，总在你最不经意的时候突然出现，嘴中呢喃着咒语一般晃动着碗不屈不挠地向你乞讨，仿佛他们是来自哈利·波特世界的魔法师，乞丐身份只是最不起眼的伪装而已。

我刚毕业的时候给自己定下的规矩是：凡是遇到乞丐时手上有零钱就都给一下，因为就算他们是骗人的，也已经丢掉了最宝贵的自尊；但很快我就发现……我的钱包真的不足以给这群无处不在的乞丐提供“爱的供养”。而且我从朋友口中听闻“丐帮”组团欺骗我们时，心里就开始很不是滋味——到底给好呢，还是不给好呢？

乞丐，几乎与城市共生。很有意义的一点是，他们应该也是你能从城市中感到“冰冷面”的一个载体——大多数人，匆匆走过街道时，甚至不会看这些乞丐一眼，更不要说同情不同情了。不得不说这是一个恶性循环，施与者一开始因为同情心而帮助乞丐，乞丐而后开始利用人的同情心去欺骗更多施与者，施与者因而就丢掉了自己的同情心，这大概是一个城市“冷漠”最初的一个小原型。比如这一次两小时的等车过程中，上海火车站一共派出了五个乞丐来侦察敌情：两个小孩子、一个残疾人、一个老爷爷和一个老奶奶。到了第四个之后，我们实在是没有耐性也没有多余的闲钱去“资助”他们了。

说到底，我只是希望，这个世界少一些欺骗，这样那些真正需要帮助的人才会得到帮助。

k e y w o r d

第四个关键词 | 欲望

D e s i r e

12th

看上去很美

我喜欢日本作家凑佳苗的一个原因，是因为她总能把一个令人震惊的故事用一种近乎调侃式的语气平静结束，可是就是这样一句简单的话，却往往让我们玩味好半天，久久印在脑海中挥之不去。

在她迄今为止最成功的作品《告白》里，全文的最后一句话是："喏，渡边君，你不觉得这才是真正的复仇，也是你开始新生活的第一步吗？"用一个"开始"宣告一段故事的结束，至此，小说也戛然而止。《夜行观览车》里，全文的最后一句话是："真想跟松子一块儿坐坐看啊。"这一句话，让这个平日里有些多管闲事、自大到令人讨厌的小岛里子女士，顷刻间变得可怜、渺小又无能为力。

虽说同样是令人震撼的杀人故事，但比起《告白》，《夜行观览车》显得更加贴近生活；故事的冲击力也相对变得平缓了许多。但凑佳苗有力且直指内心的叙事风格，依旧将这样一个故事讲得足够精彩和跌宕起伏。三个家庭，家家有本难念的经，在城市中最高级的住宅区，故事缓缓展开；依旧是从平淡的一天开始，冲突开始渐渐显现，最终演变成无法收拾的局面。人的情感、人在家庭里的情感、人在社会中的情感，在凑佳苗的笔下变成文字，再变成一把我们看不见的利刃，慢慢刺进每个人的心脏。读者在发现一个故事真相的同时，也逐渐审视了一遍自己的内心和生活。

明明只是渴望过得平平淡淡就好，为何人生却总是不如愿呢？《告白》里，想要和女儿平静活下去的森田老师，女儿最终被自己的学生亲手杀死。在《夜行观览车》里，人生也一样不简单。小说从“远藤家”的视觉开始，慢慢带出真弓对于房子的渴望和执着；命运之神最终眷顾了真弓，她成功住在了城市里最高级的住宅区。然而，人生却并没有因此结束，解脱了一个欲望枷锁的她，重新陷入到“云雀之丘”这个更大的枷锁里。渴望每天安稳过日子的她，陷入了令人焦灼的家庭关系和邻里关系中。也就是这个时候，对门的高桥突然发生了命案。

人生，总不是那么简单的吧？那些驱使我们不断前行的欲望，最终又让我们遍体鳞伤。

前不久，我在豆瓣文字课小站看到一篇名为《那些杀死我们的，一定是最光鲜的东西》的文章，这个标题深深撼动了我。大陆出版的《夜行观览车》沿用了台湾版的封面，漆黑不见五指的夜里，绚丽的观览车高高耸立在夜空。在书封上，写着这样一段话："观览车下排队的人群，以为观览车内看出去的应该是很美的风景，却不知，身处观览车内的人望出去，看到的只是无尽的黑夜。"这个"观览车"美梦，存在于每个人心中，因为这个梦，有些人背井离乡来到北京，带着对未来生活的期盼，排起长队，等待幸运之神眷顾。然而登上缆车时，他们又会发现自己的欲望依旧没有得到解脱。他们，只不过是投身到另一个黑夜里。

《夜行观览车》2009 年在日本发行，是作者凑佳苗迄今为止的作品中销量第二的作品，仅次于《告白》。这部小说的翻译工作也非常出色，成功地将日本人说话的小腔调都活灵活现地翻译了出来。在这部作品里，人与人之间的关系依旧充满着各式各样的冲突和矛盾，这些矛盾也同样在整个社会中体现。群体性伤害依旧在小说中有所体现，以此拷问这个社会下成长的每个人。是什么让我们变成一头可怕的野兽，对素不相识甚至是亲近的人品头论足，然后用尽办法在言语上去伤害对方？我们那么自私地想要实现自己的所有欲望，当得不到时，这些欲望就变成了野兽，将我们咬得遍体鳞伤；变成行尸走肉的我们，不能接受，孤单又自私地去咬伤其他人。以致最后，整个社会变成了夜行观览车：

看上去很美，实际上充满了黑暗。

13th

只愿你，不会成为被操控的蚂蚁

前几天，我在刷朋友圈的时候，看到自己的前老板发了一条“市场不景气，大家勒紧腰带过日子吧”的状态。我其实从来没有将这个上海女人跟“不景气”三个字联系在一起过。含着金汤匙出生，毕业后在报社工作，之后再出国去澳大利亚读研，回国后创业并嫁了一个就职于金融圈的老公，所有的一切看上去都顺风顺水，公司的业务即便是不盈利，感觉也已经衣食无忧。但不止是她，身边感叹起“日子难过”的人开始慢慢变多了。我一个学审计的朋友，偷偷摸摸跟我说之前接了一个大银行的客户，发现审计下来有许多漏洞和“蛀空”。如果处理得不好，就这几年再有一次金融危机也并不是什么稀奇的事，这是他对我所说的原话。

坦白来说，大多数时间我认为自己跟“金融危机”是离得很远的，普通人总是一个思维，认为这些东西都是“金融人”的事。但就越来越市场化的中国而言，以“金钱”建立起来的社交体系已经有了相当明显的雏形，如果经济崩塌，必定影响到一个人的方方面面。而且就现代社会来看，大的金融危机下，受伤最大的往往都是最底层的人。18 世纪，让法国人倾家荡产的始作俑者约翰·劳还有可能会被私刑处置；但到了今时今日，搞垮华尔街的金融大亨们，几乎没有因为自己的所作所为受到惩罚，他们只是打着高尔夫球，抱怨政府限制了他们的奖金这件事。

历史总是惊人地相似，在一次金融危机或者经济大萧条的情况下，首当其冲受到影响的肯定是普通人。丢了工作，没了收入，房子被银行收回，甚至连一日三餐都不知道从何而来——每一次的金融危机，都造就了许许多多这样的可怜人。大众投机者永远是盲目的，狂热时他们被贪婪蒙住眼睛，恐慌时他们被吓破了胆。人的一生，最怕活成“大众投机者”这副蝼蚁的模样，人云亦云，倚靠在一个体系中，只要体系一崩塌，就失去方向和前路。

与其做一个“事后诸葛亮”，我们不如做一个“事前的智者”。其实每一次的金融危机并不是没有智者看穿，但特立独行的智者的悲剧在于，他们的价值总是在很多年以后才被世人所认识和推崇，而那些事后赞誉除了能证明人们自己的愚蠢以外又有什么意义呢？为了避免大多数人成为“愚蠢”的人，我们大可以了解一下“金融危机”的历史。例如世界上的第一次金融危机，就是发生在第一个资产阶级共和国——荷兰，阿姆斯特丹股票交易所是世界上第一个股票交易所。当时荷兰的“金融危机”极其具有戏剧性，整个危机是围绕着“郁金香”这个花束而展开的。

最早由荷兰开始，到法国、英国、美国、日本，拉美国家、东南亚乃至这两年华尔街（美国）和欧债引起的金融危机。其实不难想象，所谓的“金融危机”真的是人们的贪婪所致。这些发生金融危机的国家，从最初的“海上马车夫”荷兰到“日不落”英国，包括做着“世界第一美梦”的日本和“超级大国”美国，无一不是在金融危机前，仰仗着自己“世界第一”的霸主地位，开始在经济乃至各个层面都把自己“捧上了天”，然而当泡沫破灭时，从高空摔下的他们，不可幸免都遭遇了经济上的重创和“必死无疑”。

为什么会有金融危机？中国社会科学院经济研究所宏观经济室主任、研究员张晓晶先生给出了这样的答案：“由于经济趋向于金融化的发展，导致收入分配差距拉大，一方面劳动生产率在增长，另一方面与之相对的劳动报酬却未能相应提高，从而出现了无分享的增长，并埋下了危机的种子。”举个很简单的例子，比如现在的中国，不管是一线城市，还是二、三线城市，都在开发房地产（生产率在增长），但大部分人民的收入却不见得有提高（劳动报酬并未相应提高），当人民都买不起房子的时候，这些房子就都成为了“无分享的增长”（没人购买，没人使用，正如美国经济大萧条时期倒入河中的牛奶和在农场被成群屠杀的牛羊），建了也只是空置，这就为金融危机埋下了相当大的伏笔。

这其实跟普通人的生活真的息息相关，难怪上一次去长沙见津津时，她会忍不住感叹，“现在长沙到处都在建房，哪儿都是房地产商，但大部分长沙人自己有自己的房子，外地人也不见得非要来长沙定居，所以这些房子到底能不能卖得掉都是一个问题。”改革开放以来，国内经济的迅速发展几乎所有国人都有目共睹，在欧美国家经济不景气的情况下，前几年以不可思议的增长率收获各大奢侈品牌关注的中国，确实是站在了发展中国家的前几位。然而“虚荣”“膨胀”以及“不可调和的贫富差距”这些都是金融危机发生的前兆。

我们当然希望当今的中国会越来越好，人民也会过得越来越幸福，但就目前的经济产业和企业的公信力来说，这件事情还需要些时间。但丁在《神曲》中说，盲目的贪欲煽动着人们，到后来却永远使人们受着酷刑。说到底，人终究要学会满足，切勿过于贪婪。我希望每一个人，最后都不会成为金钱或是贪婪所操纵的蝼蚁。

k e y w o r d

第五个关键词 | 磨炼

T e m p e r

14th

关于孤独这件事

我在大理住的客栈，叫作榴园。这是一个非常棒的客栈，我几乎在看到它第一眼的时候就决定住下来。客栈的老板是个上海人，特别热情，厨艺也不错。好像什么样的住客都可以成为他的朋友，任何话题他都接得过来。即便是走起路来，他也是火急火燎，很少有安安静静独处的时刻。对很多人来说，在异乡大理，老板这种不间断式的热情为旅者提供了很大的安全感。我常住在客栈，平时也很少出去，房间里太闷，白天几乎都在院子里上网。我自认为不是很难相处的人，但我这个人很奇怪，有些时候会突然很想一个人独处，码字或者看书，一句话也不想说。在这种时候他过来搭话，我又不好意思不回应，偶尔会觉得是个小小的困扰。

有一次我问他，如果我们两个就这么待着不说话他会不会觉得很尴尬。他跟我说，不会觉得尴尬，但一个人待着，很无聊。

我有时候觉得不能独处是一件非常可怕的事，因为需要伴儿的话，必定会麻烦到另一个人，因为你根本不知道另一个人想不想被你打扰或者有没有时间陪你做伴。后来有一次，我跟老板去泡温泉，他跟我说："虽然我每天跟不同的人说这么多话，但有的时候，我觉得自己内心有股深深的孤独感。"老板是水瓶座，我自认为这个星座本身就是矛盾的综合体，但我身边还是有很多水瓶座的朋友。尽管老板觉得我这个人有点"孤僻"，但我们还是混得很熟，时常一起搭伙做饭。实际上基本都是他在做，好在他真的用生命爱着烹饪，所以应该也不太介意我只等着吃的状态。今天我们跟他的朋友一起吃午饭，饭席上他说："我觉得没有人是会主动选择孤独的，选择孤独的人大概是害怕受伤。"

恰巧就在前一晚，我跟饭饭还在微信上聊过这个话题。

她说自己不会谈恋爱，相比两个人更喜欢一个人待着，周末只喜欢一个人干点什么，去图书馆、逛超市、做饭、看电影都是一个人（插一句：我真的不会觉得自己去看电影的人会尴尬，电影就是要一个人去看的啊)。所以竟然在心底很抵触对方提出约会的请求，也害怕对方对自己有过多期待。我问她是不是不喜欢对方，她回答是。“跟相亲对象差不多，其实心里也明白不是很喜欢他，但想试着相处看看，结果他很累我也很累，我也试过改变，但不喜欢就是不喜欢，他越妥协我越觉得有负担，简直就是一个恶性循环。”我觉得自己也没办法“试着”去爱一个人，爱情又不是实验室中的实验品，要是有火花一开始就早已有化学反应。饭饭说，我们这样的人，抱着自己的态度，不肯妥协的话，说好听一点儿是坚持自我，难听一点儿是不见棺材不掉泪。

我反倒觉得，大部分人的“陪伴”才是“被选择”，因为到了适婚的年龄，所以无论自己有没有找到合适的人，也只能听从长辈的意见随随便便找个人结婚过日子——难道没人觉得，这个时候我们有“选择孤独”的权利吗？我觉得“选择孤独”这件事是分两个阶段的，当然世界上肯定会有“单身贵族”这种东西，但也有像我们这种“因为还没遇到合适的人所以选择孤独的”。坦白来说，就我近三个月的情感经历而言，我觉得自己不是“害怕受伤”的人，但心里觉得不喜欢实在是没办法勉强，况且也坚持了这么久，为什么要在这一刻妥协？如果这是一场考试，在还未到规定的“交卷时间”前，为什么不给自己试一试的机会，要随随便便写个答案交上去呢？“选择孤独”和“随便找人做伴”中，我愿意选择前者。

正如客栈老板所言，有一些人，好像把“孤独”当成了养分。孤独于我，不是棺材，而是养分。没有孤独，就出不来《不允许哭泣的场合》。目前的我，很享受现在自己一个人在客栈院子里，安静码字或读书的时刻，这个时刻的一切都是我自己可以掌控的，不需要依赖任何人。人的成长其实非常奇怪，我们作为“群居动物”诞生在这个世界上，但大部分人终其一生却都希望寻找“自我”。希望展现出自己的独特和与众不同，希望这个世界因为自己能有一点不一样。因此，作为独立的个体，在我们追求“自我”的同时，必定将自己与普通人区分开来了。你会有自己的经历、脾气、兴趣爱好和人生追求，这一些东西都会在我们寻找另一半时发挥出它们的影响力。我并不排斥与另一个人共度自己的一生，但我希望这个人是我在受到了这些自身条件和影响后由自己选择出来的。只有在我们相互选择彼此的情况下，才能说明我们愿意与对方融为一体。这个时候，“孤独”才有了终结的意味。

在此之前，面对它，直视它，并驾驭它，你会发现“孤独”并没有想象中可怕。

15th

悲观主义的惊鸿一瞥

前两晚我发烧了，因为一个人喝了过多的酒。我蜷缩在沙发上，开始想自己为什么要留在这个城市。对于目前的我来说，这似乎是注定无解的问题。我摸一摸额头，太烫了，已经没有力气爬下楼去寻找药房。我在这座城市，第二次觉得自己病得好严重。生病的无力感将一切都拉扯得愈加扭曲和不可理喻，眼前的一切都变得不再真实和可触，以后的日子也变成黑洞一样不可捉摸。我拼命往自己嘴里灌水，企图让自己不再胡思乱想。拼尽最后一丝力气，摁开了小音箱的开关，然后一直循环 Lana Del Rey（拉娜德蕾）的《Blue Velvet（蓝丝绒)》。我的脑袋拼命在嗡嗡响:“你在纵容自己的悲观主义。”但我已经没有力气再跟它争辩了，我默默闭上眼睛，一边想着快点睡去，一边又在燥热中反复醒来。

直视悲观主义在这个晚上变成不再困难的事，终究是不可避免，来到这一步。这才是病魔最可怕的一点吧——损耗你的身体只是一个前戏，重头戏在于从内心深处将你的安全堡垒一砖一瓦慢慢击垮。曾经有一段时间，我特别惧怕负能量，因为它们造成的损害似乎要加以十倍的正能量才能弥补回来。但那一晚，悲观主义和负能量变成我唯一的朋友，倚躺在我的沙发旁，喂我于回忆的甘露，成为一盏我开启心中暗念处的明灯。它们告诉我，乐观主义其实是大麻，是毒药，是自欺欺人的把戏；只有它们是真实的，是萦绕在身旁无需惧怕的。它们变成一座疗养院，佐以Lana Del Rey的声音，企图把我拉回它们眼中的“正常世界”来。

今天，我从沙发醒来的时候才七点一刻。落地窗外已经是车水马龙了，虽然屋子已经变得亮堂堂的，但还没有刺眼的日光跑进屋子来。我睁着眼睛，一动不动地扫射着眼前的一切：柜子、桌子、笔记本、一个橙子、一个玻璃杯、来照顾我的朋友遗留下来的食物残渣。以一种极其缓慢的速度，正能量在慢慢回到我的身上。长久以来大病初愈的快感和欢喜减缓了，好像对我而言变回健康的正常人反而变成无趣至极的事。我发现自己竟然怀念起悲观主义的短暂拥抱来，像是怀念你早就知道注定会离你远走的一个朋友。你们之间这辈子注定有难以逾越的鸿沟，但他留下的涟漪是去不掉的，只能放在暗处，一见光，水纹就会拼命扩散，变成一种充满美感的致命灾难。

终究不能用笑或哭来描述这种奇异的心路历程，只好勉强化作文字。好像自己是刚成年的十八岁少女，在一夜间选择了自己的终生，放弃了那个爱到足以毁灭一切的浪子，选择了一个安全屋；好像自己已经是八十岁的老爷爷，竟然发现自己平日当成人生最重之物的一切其实都是吸食大烟后的佯装，存在心底的只有那个留给自己一夜就匆匆消失在金色荒漠中的红裙女子。人世间到底有哪些事情是重要的呢？失去这一切是否又真的是那么可怕？如果真到了这个时候，我们会变成什么样子，做出什么选择？现在的自己，似乎对于乐观主义没办法充满百分之百的信任了，好像乐观主义在对自己进行洗脑教育一样。我知道有一天我会被成功洗脑，我会忘记那个浪子和红裙女子。但这个早上，我是在心底这么想的，真怀念啊。

真怀念啊，另外一个平行空间里选择去追逐红裙女子和浪子的那个我。

16th

没有人会因为你的自尊心而委曲求全

今天在 QQ 上有一个女孩跟我抱怨："才分手一个月不到就找新的女朋友了，我还没找新男朋友，他凭什么先找啊？"我一声不吭听她说完，没有回复她什么。大部分人的感情观是很可悲的，在社会主义的九年义务教育下，他们被灌输了诸事"公平公正"以及"人人平等"的人生观和价值观。他们不经思考，自作主张将这种价值观运用到感情上；而感情哪有绝对的公平可言？你选择沉溺在过去不肯向前并自作主张为前人规划后路，殊不知那个人早就离开了你的视线，大喊一句"沙扬娜拉"，便牵着其他人的手跑了。

平等，大概是理想主义者和现实主义者都公认不可能的东西。许多人之所以讨厌过年，大概是因为不习惯“被攀比”。三姑六婆坐定，没扯两句家常就会开始互相攀比，她们可没有什么心思听你说“平等”，从事业、家庭、收入乃至孩子，都可以成为相互间较劲的筹码。“哎呀，我家那个哪有你家那个厉害？你家一个月拿一万，我家的才拿三千呢。”输的一方，无不是夹杂着酸醋气，无奈地说出几句打圆场的话来；等到人都散尽后，便开始数落起赢的那方：“拿一万有什么了不起？还不是日晒雨淋的包工头？”似乎只要说出几句解气话来安慰自己，可悲的人生就变得不那么可悲一样。

同学聚会也是“攀比”的绝佳场合。Q先生以前就在日志里说过，自己过年回到四川，年初几跟以前的同学聚会，聊着聊着，在四川上班的同学突然就说出这样一句话来，“哎呀，哪有你这样的高富帅好，在北京发展，我们这帮屌丝都只能留在成都呢”。若是以前，这种情况放到我身上，我估计会说出几句圆场的话来，“哪有哪有，各有各的好处，我还想每天回家能吃到妈妈做的菜、喝到她煲的汤呢”。但这种事情久了之后，我突然就觉得，这又不是我的错，凭什么朝我身上吐酸醋气呢？因此如果是现在的我，遇到这种“不怀好意或不识相的挑衅”，我可能会回答：“那你觉得这怪谁呢？”

对，你觉得这怪谁呢？是怪在你眼中“过分努力”的我还是在我眼中“不太争气”的你呢？

可别觉得我不近人情或是狗眼看人低，要明白一个人自己的人生是轮不到别人来负责的。我一直跟帮我出第一本书的编辑说，我不是那种心灵鸡汤一路走到死的作者。心灵鸡汤对于会反省的人来说可能是一碗救命的鸡汤，但大部分人，之所以走到需要心灵鸡汤的地步，原因都在于不会自我反省；因此，无止境的心灵鸡汤充其量就是短效期的麻醉药，隔三差五来一剂止止痛，但绝对治不了病根。也常有些友邻，发一些我根本就已经回答过好几次的问题来求助，我不得不翻出之前日志的链接给她；但自觉给完对她来说估计也不会有多大帮助，连摆在面前的答案都选择当伸手党，她怎可能学会独立自主解决问题的能力？

如果你喜欢上微博时不时刷看一些名人或者成功人士的“笑话”或“丑事”，你很可能就得了开篇我们所说的这种病——总觉得活得比你好的人是不应该的，他们必定有什么地方很不好，了解到这一点后才能感到安心。事实上亲爱的，别人凭什么在意你过得好不好呢？当看到别人拿一万自己拿三千的时候，挖苦和讽刺能带来的满足感能解决燃眉之急吗？无论是自我实现还是爱情，都没有人会因为你的自尊心而委曲求全，不会有人因为你拿三千块钱工资也觉得理所应当要陪着你一起受苦受累，也不会有人因为觉得看你追求她追得太卖力太没有自尊就爱上你。恐怕这就是人生需要被揭穿的残酷真相了。

所以千万记得，不要成为一块见人就碎的玻璃，以后也别再说什么“哎呀，哪有你这样的高富帅好，在北京发展，我们这帮屌丝都只能留在成都呢”之类的话了，这么喜欢北京，自己去追啊，我还想留在成都吃串串呢。

k e y w o r d

第六个关键词 | 友情

F r i e n d s h i p

17th

给亲爱的W小姐

亲爱的W小姐：

好久不见，这似乎是我第一次为你写信呢。

意识到自己不太特别这件事，最近令我有些伤感。但大概在你眼中，你早就已经把我归类为“平凡人”中的一分子。我当然不会因为这个责备你，这一点都不奇怪。我的意思是，在我成长的二十年中，我常常觉得自己身边充斥着各种各样无聊的人，他们中有的花一个下午的时间化妆打扮，只是因为渴望一次也许二十分钟都不足的性爱；也有人无时无刻不在抱怨自己的身材多么糟糕，但下一秒就抱着全家桶里的吮指原味鸡大啃特啃；还有一些人，他们的生命几乎如行尸走肉般无趣，在上班的时候拼了命想跟讨厌的人融为一个圈子，下班后只能瘫死在沙发上看无聊的综艺节目和电视剧。这些人对于这个世界的认知缺乏和无趣程度令我感到惧怕，我甚至无时无刻不在担心自己成为他们中的一分子。

但最近这种担心戛然而止，因为我发现自己确实正在变成这种人。我前一段时间，在豆瓣看到一个人写的文章，说自己年轻的时候很喜欢周杰伦，但他的爸爸一点儿都不理解他；那个时候他就发誓自己长大以后一定不要成为像他爸爸那样不通情达理的人；然后十多年过去了，前几天他发现他的表妹对郭敬明和他导演的《小时代》呈现出一种病态的狂热，他对于这件事非常不理解，甚至嗤之以鼻，转头一想，他才发现自己成为了“自己所讨厌的人”。我最近的状态大概就是这样子的，你知道我出了一本书，其实真不是什么了不起的事情，但我当然也不希望被人看轻，所以我很努力在各种渠道宣传这本书。今天晚上我躺在床上，发现这样的自己真的很蠢，以为世界会绕着自己转，但说实在话，说不定别人觉得这本书跟自己半毛钱关系都没有。

我现在特意起床，把那个用来给读者晒书的相册删掉了。有时候，我觉得为了出书而写作是一件非常累人的事；但不管怎么说，我还是要学会知足，这样的生存方式总还是要比朝九晚五作五休二自由得多。我前两天重新回了一趟公司，想试试看自己还能不能重新变回正常的“上班族”。但我觉得自己已经完全做不来这件事，上司交代的事情我两个小时内就完成了，但即便是这样，我也还是要在办公室熬到六点半，尽管去上班之前上司也说着“没关系，你如果没事了早一点下班也没关系”，可是但凡一到公司看到别人拼死拼活在加班自己实在没有什么立场“早退”。关键是，对现在的我来说，打心底里已经觉得办公室友谊虚伪得很，很多我以前的同事，大概是从没想过我还会被上司重新说服回来，重新相处时总有一些说不出的不自在——这些人在你离职之后就根本没有想过再要和你有联系，所以你的突然出现对他们来说反而是灾难。

因此，当我做完手上的工作偷偷玩了两盘三国杀又不太好意思看《威尔和格蕾丝》只好观察他们时，一直在想象现在热络地讨论着在淘宝拼单买某种零食的他们，如果其中一人辞职，其他人会不会和他还有联系。我固执地认为他们不会再有联络了，不然总觉得他们没有再联络我是我的原因。但仔细一想，还真有可能是我的原因，比如我们第一天上班中午一起吃饭的时候，我觉得坐我对面的白羊座女生好像看起来就不太喜欢我。

说实话，我真的不太信星座这个东西，但大概真的是因为我是水象星座的原因，火象星座好像都跟我处不来。我以前有过一个室友是白羊座，我后来搬家的时候甚至都不肯让我把一箱东西寄放在他家。身为天蝎座，尽管现在我跟他依旧保持着联络，但这件事情我从来都没有忘记。还有，我跟狮子座好像也处不太来；不过话说到这个份儿上，我其实都不知道自己跟哪个星座处得比较好。我的身边有很多水瓶座，但我一直觉得水瓶座是外星人。我猜大概是金牛座吧，因为对宫嘛。哎呀哎呀，不讨论星座了，再说下去天就要亮了。

其实说这么多没有别的意思，主要是我们平时也没怎么联络，我觉得有义务 update 一下自己的近况给你。我今晚从 Z 小姐那里听说你最近不太开心，不，应该说是难过得很，因为你的爷爷去世了。我们那天在海边的破民宿说的话我还记得，你说你很心疼你爷爷，他得了肺癌以后，因为怕传染给你们，都把自己的碗筷和你们的分开了。你说他以前每次吃饭都很爱夹菜给你，但现在都不敢夹给你了，但惯性这种东西，不是想戒就能轻易戒掉的，所以好几次他夹着菜刚要放到你碗里，又收回筷子，那一瞬的落寞眼神让你看了都想哭。你说你是不介意吃他口水的，但他介意得很，有一次你要吃一个他咬过的苹果，还没放进嘴里就被他急急忙忙打掉了，你为此跑到房间哭了好一会儿。不知道我记得的这些事情有没有发生，东西写多了之后，总觉得写什么都带上了艺术美化成分，大概很快我的字也会慢慢变成“自己讨厌的字”了。

说到底，我只是希望你不要太难过，因为我知道难过是必然的，但你也知道，Z 小姐也跟你说了，就像我爷爷去世一样，有一天这些东西都会慢慢变淡，大脑会自作主张删除掉一些痛苦的记忆，好让我们能舒坦一点儿活下去。

已经凌晨三点了，我为了爬起来给你写这封信搞到自己已经变成完全不会睡着的节奏。但真正的好朋友大概就是这样子的吧，我现在甚至有点儿希望，你突然出现在我家楼下，提着一桶卷纸哭得稀里哗啦说要来我家住一个星期疗伤。我现在都只能一个人去逛超市了，虽然并没有觉得不快乐，但不能在你们面前演主妇比价的 drama 戏码还是有那么一点儿可惜。我跟你相识这么久，好多我们一起做过的事情都忘得一干二净了。但脑海中始终清晰记得，某个周末你来我学校看我，你还特意翘了周一的课，就为了多陪我一天。周一的下午，我送你出校门，走去车站。你扎着马尾，穿着短裤，背着背包，鞋子大概是 CONVERSE 的。我们那个时候都在广州读书，但隔得太远啦，你在增城，我在番禺，相差天南地北。你嘟着嘴说，再见啦，然后就朝着车站的方向走去，长长的路一个人都没有，我就看着你这样一点一点慢慢越走越远。

按理说，那个时候我也没什么好伤春悲秋的。但我突然觉得，好像再也见不到你一样。然后我转身，一言不发走回宿舍。这是夏天最热的时候，好在我们学校的榕树很高很大，叶子遮住了很多阳光。我走在斑驳的树影下边，脑海中不停回想你那句“再见啦，拜拜”。

然后，眼睛就红了。

18th

关于旅行的二三事

亲爱的薇拉：

你回到上海之后，我才收到你从阳朔寄来的信。

我大概也猜得到，你的阳朔之行不会特别完美。除了因为准备的时间太短以外，大概也是因为一直以来你对于“旅行”的概念都相当模糊。你怀疑旅行的意义，这一点在你寄给我的明信片上得到充分体现。长久以来，我都觉得你对于旅行的态度与我截然相反，每一次我辞职旅行时，你总是会问“这样值不值得”或者是“那你打算旅行回来之后怎么办”一类的问题。但对于我来说，“不知道旅行回来之后会变成什么模样”——这一点，才是吸引我迈出脚步的关键。

旅行，是个很奇妙的词语，在每个人眼中都有不一样的含义。在交通工具和通讯媒体还没那么发达的年代，“旅行”成为一个人增长见识、拓宽视野的最佳途径。然而随着交通工具和通讯媒体的不断发展，世界正在变得越来越小，人们处事的节奏也变得越来越快。慢慢地，“度假”渐渐取代了“旅行”，人们从一个地方到另一个地方的目的，不再是为了获取新知，仅仅是为了远离所熟悉的一切，到一个陌生之地待上几天而已。这种既知返程的出行，丢掉了“旅行”开启一段新冒险的本质，即便极其无趣又无所收获，却依旧为现代人越来越接受，因为大家都太“赶”了。

你大概总是在这样“旅行”：规划好行程，买好返程机票，甚至提前考虑好回来之后的工作和生活。但对于旅行来说，这样“周密”的计划反而是致命的。我的意思是，如果你在旅行中，遇到了很棒的人，或者很棒的事，发现了新的兴趣，乃至想要长驻的风景，那怎么办？你在给我的明信片上说：“有时候，以为能够随意出逃就是自由，但是真正的自由，又是什么呢？”那么，我想，我给出的答案大概就是——旅行，从不是出逃的代名词，而是探索未知、开启第二人生的钥匙。而所谓的行程攻略、返程机票，对我来说，都成为了阻挡你推开这扇大门的“拦路虎”。

像是工作一样一定要在规定的时间到什么地方或完成一个目标，这样有节奏感的旅行从不适合我。对我而言，不知道返程的旅行，随心所欲、不按部就班，来得更有吸引力。我到北京那么多次，至今未去过故宫和长城，去沈阳的时候大部分的时间都待在大悦城，在成都的春熙路晃荡了一个下午，在香港的铜锣湾看电影度过了两天，为了看海，于是就在三亚住了一个月……好像“赶场”的旅行从来都不是我会做的事，我宁愿到了一个新的城市，继续自己原有的步伐，不紧不慢，像这个城市的老居民一样，无所事事去度过一天。

这样的旅行不为大多数人所接受，因为有限的时间不允许他们在另一个城市被无所事事“浪费”。但人生，如果没有一场很慢的旅行，没有“无所事事”与“浪费”的时间与自己相处，就太令人难过了。比如有时候，我会想，几个月后我将去往的伊斯坦布尔某处，住在那里的居民会不会也会像住在上海某处的我一样，对眼前的一切感到平常、自在、再熟悉不过？与其用游客的眼光去探索这个城市，倒不如像他们一样，安心住下来，融入这片社区，像面对每一个平常的日子一样面对自己在旅行中的每一天。

我还记得《午夜巴黎》中我最喜欢的两个片段，一个是开篇时镜头对准巴黎各个角落的剪影，这时候的巴黎悠闲自在，安详地躺在时间的怀里；还有一个是结尾时，Owen Wilson（欧文·威尔逊）和 Léa Seydoux（蕾雅·赛杜）淋着小雨，不紧不慢地走在下着小雨的巴黎夜色中。如果有一天，我到了巴黎，我不会想要去什么博物馆，也对埃菲尔铁塔没有狂热的兴趣。我想要的，不过是有足够的时间，撑一把伞，走在巴黎的各个街道上，看着在咖啡馆躲雨的人们，看着牵着穿雨衣的小孩子的年轻妈妈，我想看着他们在再平常不过的一天做了些什么。

我偶尔也会觉得，自己喜欢上海，大概与它的高楼大厦没有多大关系。我喜欢的，是很久以前“东方巴黎”的那个上海，尽管也有十里洋场纸醉金迷，但那个时代弄堂里的海派文化几乎成为“东方文化”的一种标志。现在的上海极其富有节奏，像流水线一样输送着一波又一波的人来来往往，在高楼大厦中很难看到它生活化的样子。所以有时候，我会去武定路吃个早午餐，看着玻璃橱窗外的人们，骑着自行车，驶向我所不知道的目的地——

不一定非要到一个完全陌生的地方才算是旅行，如果在平日里，在细微的生活中发现闪光点，又何尝不是人生的一次旅行？

亲爱的薇拉，你说你不太会看我写的东西，因为太熟悉了，彼此已经很了解对方。但今天，我还是想告诉你我眼中旅行的模样，我觉得跟你想象中可能并不是完全一致的。我眼中的旅行与生活，是“探索、欣赏、享受和思考”。这四个词语，才是旅行中最棒的状态，也是中国的城市发展和大部分的旅行中所缺失的。但愿你的下一次旅行，你不会提前买好返程机票，你一定会发现，你对于未来，有了更多选择的余地。

k e y w o r d

第七个关键词｜亲情

F a m i l y

19th

你永远是一个父亲的孩子

在美女如云的好莱坞，实在很难想象Gwyneth Paltrow（格温妮斯·帕特洛）是怎么红起来的。这个曾经在奥斯卡拿过最佳女主角的女演员，似乎并没有Nicole Kidman（妮可·基德曼）不断拓宽戏路力求不断超越自我的追求。在《钢铁侠》系列里打了两集酱油后，才难得从“花瓶小辣椒”摇身变成“钢铁小辣椒”。

电影《相思成灾》里，扮演制作人的演员说只要电影找Orlando Bloom（奥兰多·布鲁姆）和格温演，一定能大卖，结果奥兰多和格温就真的在里边打酱油客串了一把。奥兰多当时刚刚凭着《魔戒》和《加勒比海盗》大红大紫，帅气得逼人，自然不难明白为何会具备如此强大的票房号召力。

但格温在一众好莱坞女星中长得还真不算出色，那么为何成为观众眼中的宠儿呢？

直到今天去三里屯的Page One瞎逛时，我才大概悟出格温身上大多数好莱坞女星不具备的一点——亲和力。发现这一点实在是纯属巧合，我当时原本是工作需要，打算去Page One翻阅一下《文化香奈儿》的书，这本砸死人的“砖头”实在太贵了，售价上千。接着我就不小心瞥到了放在另一个架子上的格温的厨艺书。

一开始，我还不太确定是她写的，心想着“这女厨师长得也太像小辣椒了吧”，走近一看发现“不对啊，这货就是小辣椒”。在这本叫作《My Father's Daughter》(《我父亲的女儿》)的厨艺书里，格温亲自下厨，示范了一些家庭聚餐时她会做的简单又美味的美食。

我真是太爱这本书的书名，这个奥斯卡女明星，出版自己的第一本书时，并没有选择大部分女星会选的传记或写真；相反的，她把自己回归到普通人的位置，回归到一个“父亲的女儿”的位置，出人意料地出了一本厨艺书。书中的大部分照片里，格温不施粉黛，为自己的两个孩子、父母和丈夫亲自下厨，与普通人无异。

我们身边的很多人，渴望在成功路上走得更远，有时候往往忘了自己是“父母的孩子”这个身份。例如我，算起来从毕业到现在，这么一晃两三年，真正跟父母在一起的时间不知道加起来有没有一百天。我的父亲今年四十八岁。他跟我一样，生肖属蛇。十几岁的时候开始帮着我爷爷送报纸，一开始的时候人都还没有自行车高。

因为小时候吃过苦头，所以一直希望我好好工作安安稳稳一辈子有保障就好。但我生性喜欢自由自在，无法接受一辈子只窝在一个地方的生活。父亲最后还是向我妥协，不过我猜他的心里一定也会觉得我没有像他所想地那样长大，总归有一点无奈。

好在我跟家人相处起来一点儿问题都没有，我常常还觉得父母是很有趣的人。不过对很多人来说，家人有时候会变成想亲近却又很遥远的存在。我的友邻里，也有人曾问过我这样的问题——跟哥哥吵架了，一瞬间觉得他陌生了起来。

其实，大部分亲人虽然是与你有血缘关系的人，但是他们实际上可能并不了解你内心真正的想法。因为上学或者工作以后，你能和家人相处的时间实际上极其有限。因为沟通不足所以跟亲人吵架其实是很正常的事，这也是你为什么会觉得他陌生的原因。如果能和家人坐下来好好聊一聊，像个朋友一样分享彼此心底的真实想法，这样有助于了解彼此，也有助于驱除彼此间的隔膜感。

格温果然不是Scarlett Johansson（斯嘉丽•约翰逊）那样艳丽四射的女星，但她笑起来，却能让你觉得备感幸福，好像在她的笑容下，世界都变得柔软了。不管走多远，一直不忘初心，记得自己首先是“父亲的女儿”，大概是她谦卑的姿态令她得到了今日的所有褒奖。

在不断成长的路上，请勿忘初心，首先要记得：你永远是一个父亲的孩子。

20th
给我未来的孩子

《摩登家庭》看了四季，始终没有给五星，四季下来我们几乎可以看到其中的任何一个角色做出像格蕾丝一样歇斯底里的演出，但总觉得他们缺少一点什么东西。这种在《摩登家庭》里花了四季没能找到的东西，在《威尔和格蕾丝》的第一集就找到了。《威尔和格蕾丝》的第一集，威尔和格蕾丝跟朋友玩猜字游戏，到最后威尔提示道“像你和我一样”，格蕾丝大喊“值得依靠的人”，然后整个人跳起来趴在他身上。就是在这一刻，我觉得这部剧好棒，有一些独特的、现在的美剧快要消失掉的东西。

不像是《老友记》的循序渐进，《威尔和格蕾丝》第一集他们的友情就已经达到顶峰。他们吵架，因为威尔觉得丹尼不是最适合格蕾丝的人，格蕾丝骂威尔自私，希望自己和他一样孤单一辈子。是啊，好男人太难找了，格蕾丝已经三十一岁了，能找到像丹尼一样爱着自己的人已属不易，为什么还要继续用二十一岁的要求来找另一半呢？何况，虽然没办法和他发生肉体关系，但这世上还会有比威尔更值得依靠的男人吗？这便是《摩登家庭》里缺少的，他们太完满了，没有威尔和格蕾丝中间那永远跨不出的鸿沟。他们的“happy ending”使他们在大部分时间缺少互相依靠的感觉，你常常会出戏，觉得他们缺少身为家人的亲密感。

依靠，是一个人挖掘和维持存在感的最终途径；而存在感，则是一个人存活在世界上不可或缺的情感需求。你总是需要或被需要的，存在感近乎于零对大部分人来说，等同于失去存在于这个世上的欲望。如果有一天你发现世上的任何东西都不需要你，你会不会觉得生和死其实没有什么区别？依靠，不仅是生的需求，也是情感需求和被需求的起源。家人、朋友和恋人，都是从存在感到依靠的延伸和进化。他们首先发现你的存在，进而与你发生情感诉求，到双方相互依靠（或单方依靠——大部分感情悲剧的起因）。由此，我们完成了一个人，一个生存在群居社会中有情感需求的人最简单的社交生活和情感的网络架构。依靠多伟大，几乎创造了俗世中的一切。

我上次回深圳，认识了一个新朋友。等最近回到上海上班时，她才告诉我她原来在上海待过半年。“在莘庄，后来还是决定回深圳了，孤独的时候只身在一个陌生的城市蛮难熬的。”她问我为什么会选择到上海去，我告诉她一切都是阴差阳错，刚好又觉得上海还不错，所以就留下来了。“没依没靠的，不会觉得很难过吗？”我苦笑着回答她：“没办法，我刚来的时候确实是一个朋友都没有。其实就工作而言，我们都明白只是看个人前景而已；只是有朋友在身边，你会过得舒服一点儿，但我两年也这么过来了。如果你一直想着要留在朋友身边，而他们又不肯陪你去另一个城市，那你好像一辈子也就这样了。”

我接着跟她说：“我那个时候可能就是有点儿不甘心，而且当时朋友们也都毕业了，自己都顾不上，哪管得上我？人生有时候就是一个选择，我这两年，确实也会常常想起那些朋友，想着说‘如果他们也和我一起在上海多好啊，我们可以像威尔和格蕾丝一样，可以像《老友记》中的六人帮一样，相互依靠，相互扶持，相互见证彼此的成长’，但我心里其实明白，我的很多朋友都没有这个胆，所以我心底其实也明白选择了来上海，就是选择失去他们这些依靠了。还好有工作、新的朋友、新的友邻，这些不断出现的人，像是一点一滴的亮光，再次点亮我的存在感，再次让我找到生之欲望，所以我不至于出现‘在一个城市无依无靠，孤身一人了无生望’的情况。”

青春乃至成长，都是由一个个“你好”和“再见”组成。离别是不可抗拒的，它是组成部分之一。真的好想念那时候的我们啊，那个时候我们虽然无知，但好像世上再强大再难跨过去的困难，只要我们手牵手都可以跨过去。在上海快两年半，也可能真是厌倦了这种无依无靠，跟友邻聊天时，竟说出很想要一个孩子这种话来。很想一个人当爸爸当妈妈把他慢慢抚养长大，就一个人自私地占有着他，逗他笑，和他一起哭，喂他吃肉羹，每晚陪他一起入睡。

我年少时，也曾说过“等有一天我做了爸爸，我一定会让孩子彻底自由，我一定不会去干涉他”的话。但宝宝不断长大，也许有一天我也可能会不经意干涉他呢。真是无心的呀，我那会儿可能已经把他当作依靠了。我这么自私就把他当作了依靠，所以干涉了他；有一天他长大了，可能会讨厌我，跟我闹脾气，故意气我，但我那时候只有他啦，自私将我冲昏了头，等到我依靠他到了无可救药的那一天，我可能会像热恋中的男女一样，是非观被感情冲昏头，不会意识到自己的错误了。

所以，亲爱的宝宝，我要先跟你道歉啊。你要明白，爸爸是很爱你的，爱你胜过一切，你是爸爸的存在感，是爸爸的依靠，是爸爸的生之欲望。所以，这篇文章写给还未出世的你，因为我想让你知道，在你还未存在于这个世界前，我就已经深爱着你了。

k e y w o r d

第八个关键词 | 聚散

Meeting and Parting

21st

相遇即是幸事

生活中，有很多人你根本还来不及想相遇的意义，你们就已经相遇；在你觉得你们的相遇也许存在某种意义时，他又匆匆从你身边离去。

人的一生，像是在海上的航行。大部分人都怀着壮志扬帆，有人在海上迷失，有人被海妖迷惑，还有人遭海水淹没，只有极少数人能抵达彼岸。要看清海面上的林林总总，还要提防海底下随时可能出现的危险，一个人死撑确实不是一件易事，所以有人选择找个同伴相互依偎相互鼓励。不过，当然也有人选择独自一人在一次次打击中越来越强大。

在中山纪念堂听 James Blunt（詹姆斯·布朗特）的演出时，当《美人如你》（You're Beautiful）的前奏响起时全场就已经沸腾；对于这个被某些人描述成“英国庞龙”的上尉先生，单是这一首歌就足以令人痴迷。

人生就是恶俗的吧，与歌词一样，一些美丽的人事，会遇见、会留下痕迹，却不一定会留在你身边。千篇一律的情歌永远都会有共鸣，因为在这个星球上每时每刻都有相遇和分别在进行；不会厌烦爱情的人们又怎么会厌烦情歌呢？情歌，只是爱情里的一个见证，在里面永远也找不到爱情的最终答案。因为没有人能预知最终答案，所以我们理所当然怀揣着对于一份感情的期待，企图在不可知的未来里到达彼岸。

然而，每一段感情的航线都不一样；几次下来，会不会变得不再相信这个永远也到达不了的彼岸了呢？如果我说，我不相信爱情了，也只是敢于直白说出来而已。

社交网络的日趋发达无疑是爱情的致命毒药，没有几个人能意识到社交网站能带来的只是无止境的空洞而已。在这个社交网络发达的年代，每天都有新鲜的人和事来影响你的神经系统；相遇和分别可以缩短到一周，好感和厌烦可以压缩到一夜。如果相信爱情，何以害怕什么《新婚姻法》和房产分配呢？与古代人相比，现代人的爱情观真是可笑。说到底，只是人们不愿面对爱情越来越不可靠的真相罢了。其实我们都了解，在这个什么都变得快速的年代，爱情也会变成一种速食。

不敢面对，也只是因为每个人心中都有个王子公主梦吧！如果女人最棒的朋友真的是钻石，女人们要怎么平静接受这个观点？真相总是残酷的，要人们打心底做这种认知太心痛。不敢面对的心态其实和吸食大麻一样，不过是为了麻痹身心而已。

未必所有人都能明白长痛不如短痛，也不是所有人都能承受得起这个打击。有人在打击中成长，就一定会有人在打击中倒下；因为每个人的承受力就和人生航线一样，充满不确定性和不可知性。只是有时候，我们会不得不站在分岔路口来处理这个“Goodbye & Hello”的问题。

当这个时候，我知道你一定会很难过，但是我想要告诉你：每个人旅行的意义，都不尽相同；把你落在身后或是停在你身边的那些旅伴，能够相遇也许就是幸事。其实没什么好害怕的，因为你的船还会继续漂，还会航行到下一个奇妙的地方。

说不定，我们都还会遇到更好的人。

22nd

分别时刻

维奇今天在微信上跟我说，她的一个同事要离职了，她难过得很，“不在一起工作的话，以后大概就更少机会见面了。”我告诉她，“离别”从来都是我们人生的必修课之一。

两年前，我在一家青年公馆实习，里面全是年轻人。公馆位于广州大学城内，地段其实并不好，但是整个公馆里有中餐厅、咖啡馆和酒吧，活脱脱是年轻人乌托邦一般的存在。那个时候，我觉得撑起这个公馆的年轻人们都很厉害，我由衷地敬佩他们的成就。因为有酒吧，公馆内常常会出现一些乐队；乐队的成员里有大学生、用生命玩音乐的音乐人，包括在豆瓣小有名气的独立歌手。看着这些人，我觉得梦想是鲜活的，这是一种年轻的、充满朝气的、即将迎接新生命的力量。

尽管朋克乐队的歌词永远充满了对现实世界的哀伤和绝望（从这点意义上来讲，他们才是真正的小清新；那些唱着你爱他他爱他他爱她她爱她的伪清新们，最终实质上还不都是回归到“上床”？），但是那个时候的他们，还有音乐这根救命稻草。尽管我不是音乐人，如果硬要说是文艺青年也只是不合格的伪文青；但是与他们在一起的那些日子，我真的觉得很开心；这是第一次，感觉自己从教育体制的枷锁里得到解放。尽管前途看起来很渺茫，生活却充满希望。

而我那个时候的想法，就是一辈子跟这些永远年轻的年轻人们在一起。

苏珊大妈的《我曾有梦》（I Dreamed A Dream）之所以撼动人心，是因为大部分人都是这样度过了一生，所以我得说，狗血的八点档也并不完全脱离现实；正如《战马》中男主角爸爸所说的一句台词：“我曾相信在这世上，每个人所遭受的苦难都是平等的;但从我身上来看，这句话显然是错误的。”我举这一些例子，你大概可以猜到我想说什么了——没错，青年公馆后来倒闭了；

希望可以当饭吃，但是希望不能当钱使。在我实习期快结束的时候，公馆先是关闭了中餐厅，继而关闭了咖啡馆，剩下的酒吧撑了一年多，最终也因营业额抵不过租金，宣告正式倒闭。

而我们这群人，注定只能各自分别，开始自己的新人生。我当初离开他们时，觉得几乎不知道要怎么面对往后的一切。这些人是我“理想主义”的启迪，但是这个理想主义以失败告终，而我们也只能离开“乌托邦”。如今过去三年，回头再看他们依旧还是会觉得可惜，也依旧想念和他们在一起的日子。但生活仍在继续，其实谁也没有停下过脚步。

前几天，我在 QQ 上遇到青年公馆当时的负责人。这个叫陈狗狗的女生，算是我在职场上第一个敬佩的人。她现在依然留在广州，在运营一个小小的广告工作室，偶尔会和以前一些公馆的老员工见面。从她口中，我也得知一些其他人的近况：年轻的朋克乐手，跳槽了几次如今在一家游戏公司上班；原来公馆的创办人之一，如今在东莞开了一间苹果店。狗狗跟我说，不要聊这个了，有时候静下来想想还会流眼泪呢。我也就随便找了个话题，将想说的那句“大家不该是这样的啊”压在了心底。

杜鲁门·卡波特在他的短篇小说《灾星》里写过这么一段话："如果一个人离开了自己的爱人，生活应该为了他停止才对；如果一个人从世界上消失，世界也应该停止才对。但事情却从来都不是这样，世界也从来都不是这样。"总有一天，在成长的岁月中，我们会明白，"离别"是人生的一堂必修课，逝去的亲人、不再联络的朋友、分开的恋人，这些人组成了我们的过往，也组成了我们的人生。

k e y w o r d

第九个关键词 | 初心

Early Heart

23rd

眼眶会红的人，一辈子都不会老

谢立文必定也是在陌生人面前羞于说话的轻微交际障碍宅男。幸运的是，通常好的作家和漫画家都有那么一点点的交际障碍。所以，在“麦兜麦唛”系列书籍里，他和麦家碧给我们绘制了一幅他们心中的城堡：这是一座永远不会消失的乐园，这是一段永远不会老去的童话。也幸得谢立文的“小孩子”习性，才能在中文简体版集结出版的后记里讲出一句“我打你面面”这种连我现在都羞涩得讲不出来的话——简直足以萌翻整个香港。

麦兜在香港到底有多红我确实并不算很了解，但是我是真的特别萌这只长相和智商都不怎么过关的小猪。简单，执着，有血有肉，努力过着自己的生活，即使是笨笨的，也相当讨人喜爱。在

“麦兜麦唛”系列的故事中，其实有很多令人喜爱的角色：小猪麦兜麦唛、河马阿may，还有乌龟阿辉、鸭子菇时和小猫得巴；有一些故事里他们是小动物，有一些故事里他们又是一堆一直长不大的幼儿园小朋友。阿辉在电影《麦兜和菠萝油王子》里饰演一个披萨，最后因为麦兜饿了，他便把自己切下一块，给麦兜充饥。

讲到这里，不得不提香港人的笑点。我觉得香港人的笑点真的很冷，他们也许才是冷笑话的开山鼻祖——其实近在咫尺的广东也是这样一个神奇的地方，媒体一直擅长无厘头，并且敢言敢说。也正是这个态度使许多豆友觉得《南方都市报》和《南都周刊》是国内最给力的报纸。李敖曾说过：广州和台北是两个文化被低估的城市。在广东这一个省份，就拥有三种截然不同的文化。岭南文化里的广府文化、潮汕文化和客家文化对于香港文化绝对有着很大的影响。

香港文化的无厘头和笑点冷也在这个系列的书籍里表露无遗。在《尿水遥遥》里，阿may与人分享橙子和心事，最后心事都还未讲完，橙子却分享完了；在《宁静声音》里，麦唛的校服在冬天的课间操后总是会和同学的校服弄错，所以有时候她出门时明明穿的是加大码，回家后却变成了迷你码。不过，“麦兜麦唛”系列的书最出色的地方不只是拥有笑点，它还拥有着日常生活的平凡和真实：麦唛与家人去茶楼饮早茶；麦兜用童子手帮妈妈抽六合彩；麦兜和妈妈一起去买墓地……这一切生活中的真切，像电影《天水围的日与夜》一样悄悄透露着一丝不易察觉的平日感动。

无论是原著还是改编后的电影，麦兜总是那么“很傻很天真”。许多小故事带给了我们很多欢笑，也有许多让我们笑中带泪叹尽世事的无奈和无常。我一直记得的一个故事就是“童子手”的故事，记得麦兜带着无奈和难过告诉妈妈只要买自己没抓到的那几个号码就好；记得后来麦兜发现原来妈妈买的是他抓的号码却依旧骗他中了奖；记得麦兜问：“你为什么不买我没有抓到的那几个号码呀？”妈妈的回答是“我只相信你的手啊”。

只要能感受到平凡人最为平凡的这些故事里那不平凡的种种情感，那么我们的心中就永远有着长不大的执着美好的那一面吧？

24th

能打败黑暗的，往往是生活中的小事

《霍比特人》中甘道夫说过："但我相信，能打败黑暗的，不是强大的魔力，而是生活中的小事和微小的爱。"

日本是性格很多面化的民族，一方面制造了那么多重口味的影像和漫画，但另一方面又能将生活中的小事和小爱刻画得淋漓尽致。最近在看安倍夜郎的《深夜食堂》，这本早就风靡海外的绘本，今年终于被引进内地。漫画讲述的是一间只在深夜十二点到早上七点营业的小餐馆中，其供应的美食以及前来消费的食客与老板之间的小故事。每个章节介绍一种食物，顺道讲一个故事；但无论是食物还是故事，都是简简单单的，也正应了绘本中老板那句自白："可能因为我自己也比较单细胞的缘故，所以更喜欢简单和直接的人。”

即便是爱情，或许都无法达到人在饭饱酒足后的满足感。进食作为人类的本能，真是太重要了。因此，深夜也能营业的餐馆，对我这种“夜猫子”来说实在是很重要的东西。

这一点上，北方似乎终究比不过南方，我在北京的时候，无论住三元桥还是望京，周围都只是有一两家麻辣烫店和烤串摊，可选的食材实在是少之又少；有时候只是为了去热闹一点儿的夜间食肆，也不得不跟夜店一族往三里屯钻，没办法，好像过了深夜，也就只有那里会供应稍微多样一点儿的消夜。南方可不同，上海住的附近，除了烧烤摊和麻辣烫店，还有鸭脖子、饺子馆和海底捞，早些时候住两湾城时，路边的“食物一条街”可是出了名的。深圳就更胜一筹了，除了这些还有紫菜包饭和各式各样的茶点（是的，消夜也有虾饺吃噢），大晚上来一碗萝卜牛腩，暖暖的汤汁慢慢从喉咙流进胃里时，人便会愉快到不行。

除了夜间可以吃的食物，《深夜食堂》里还说到了“吃起来像家人做出来的食物”。我一直觉得在异乡独自或与友人租住，厨房一定要开火才有家的感觉，所以我找房子时，厨房是必不可少的。

深夜食堂的老板将隔夜的咖喱浇在新鲜出锅的热腾腾的米饭上，趁着冷咖喱被热气慢慢融化的时候吃，因为这个时候的咖喱更入味更加好吃。结果食客看到后，纷纷表示也想试试看，竟然让“隔夜的咖喱饭”也成了座上客的最爱，食客们都说：“在专门吃咖喱的店里可吃不到这个味道啊。”“咖喱还是隔夜最好吃，光是浇点咖喱汁，就能吃下三大碗米饭呢。”

要说身为一个客家人，如果什么食物能让我最有“家里的感觉”的话，应该就是酿豆腐和擂茶。

酿豆腐是客家独有的菜式，将豆腐切成三角形，然后切开其中一角，将肉糜置于其中，然后放进锅，将各面煎至金黄色即可出锅。用猪油是最好的，配点猪油渣也很好吃，新鲜出锅的酿豆腐放在洗好的生菜中，沾点紫金椒酱，一整个塞入口中——简直没有第二种食物可以与之抗衡。

至于擂茶，则实实在在是小时候的味道。具体的做法我也不是很清楚，只是我小的时候奶奶每周都会擂一两次茶，招呼邻里一起喝。奶奶去世后，我就很少有机会再喝到擂茶，家里没有几个人会做是其一，其二是初中之后便开始住校，几乎就只能与学校的饭堂打交道。

去年三月，我姑姑和堂哥一起在县城盘下一间店铺，开了一间叫“万家食府”的餐馆。今年过年的时候，我去帮了两天忙，每天端着菜穿梭于厨房和包厢间不但一点儿也不觉得累，反倒觉得很愉快。这些食客中，有开车途经这里的司机，也有假期回家过年的学生；有大腹便便老板模样的商人，也有带着小孩子的年轻夫妇。他们每个人的每一天或许都有着截然不同的经历，然后当他们安定坐下，慢慢用餐时都是一样的：

他们是平凡、知足且无畏的人，脸上写满了微小的爱和幸福。

k e y w o r d

第十个关键词 | 现在

N o w

25th

这辈子不会只是就这样了

大概是我交了太多天秤座的朋友，十月中旬陷入了一种奇异的负能量中。首先是我的编辑，在微信的朋友圈发了一条“好讨厌，莫名其妙就三十岁了”的状态。接着从医院看病回来的兔子，也抱怨自己看到病历单上自己的年龄已经二十七岁时觉得陷入一种焦灼的抑郁状态。她后来发了一条微博，说人只有到了二十五岁以后，才会知道根本不会有“这辈子就这样了”的说法。

我在伊斯坦布尔的时候，住我对面的西班牙男生安德里斯是个医生，他已经三十二岁了。有一天他在爵士酒吧和在伊斯坦布尔新认识的朋友喝酒到五点才回来，第二天下午他起来的时候说自己全身酸得要死。然后他告诉我：不管你承认还是不承认，人一进入三十岁，身体机能就会迅速衰退，你的容颜会变老，身体会不再紧实，头发也变得更容易脱落。这是大自然的法则，谁都不可避免。

是的，人的一辈子永远都不会只是“就这样了”，不会停在某一个时刻，只会变得更糟或者更好。并且，就身体的机能来看，大多数人都是往前者的方向在走。我十八岁的时候，唱K通宵再跟朋友去饮早茶，熬到第二天晚上再睡觉都没问题；但现在只要一通宵，即便是第二天睡了十五小时也依旧觉得全身要散架。我总是觉得，中国社会对待“青春”是如此不公平。如果你看过美剧《摩登家庭》，你会发现像海莉这种最普通的美国女孩，她们在最美好最年轻的时候做过多少疯狂（即便有些看起来可能愚蠢）的事，这就是为什么当她因为“袭警”被学校劝退回家时，父母如此平静就接受了这件事——It’s all right, it’s just college, it’s just young（没什么，只不过是大学生活和青春罢了）。

但在中国看来，这样子的大学生涯绝对是不务正业的。我当然不觉得剧中的“海莉”有什么可取之处，只是如果你仔细想一想，就会发现我们的青春真的消失得莫名其妙，就好像网友们评价《致青春》和《小时代》一样——似乎我们都没有过“青春”这种东西，或许它只是属于长得好看又有钱的人。我们中的大多数，把人生的前二十年甚至是前二十五年都奉献给了学业，之后，没有一丝喘息的机会，便会被推入社会的浪潮，成为一个大人，等到你回过神来的时候，你已经就快要三十岁了。怪不得我的编辑会认为这一切都“莫名其妙”：我根本都还没有二十岁的感觉，你就告诉我我已经有三十岁了。

“青春”的断层让我们失去很多东西，并且大多数这些东西都是永不复返的。即便等到你三四十岁家财万贯时，你也没办法买回那个通宵达旦唱歌却不觉得一点点累的年轻肌体。我工作两年后真正有了自己的收入，开始旅行之后，看到那些比我年纪小却比我年轻时要勇敢得多的人真的感到由衷佩服。说起来，我算是很丢人了，大学二年级才第一次出省，生活到现在，前半阶段基本就处于坐井观天的状态。

有人说：“三十岁之前如果你不信理想主义那是因为你没有心，三十岁之后如果你还信理想主义那是因为你没有脑。”我深深觉得这句话直白且伤人，但它听来却很是正确。这大概也是为什么我最近这么热衷于旅行的原因，我总觉得自己都已经二十五岁了，有些东西再不做，有些地方再不去，可能真的一辈子都不会再有机会。我在毕业后的三年，确实是比身边大部分人赚得要多一点，对此我很感恩。一个人，如果不将这些物质回报放在年少时的理想主义上，那人生就真的已经开始苍老了。

只有真正处在一个位置时，你才能感受到这个位置带给你的视野以及为了站在这个位置你所要承受的压力。"变老"也是一样的，看着别人变老你始终都不会有什么感觉，但是当你经历七岁、十七岁、二十七岁，最终迎来自己的三十岁时，你会觉得这一切都发生得莫名其妙。我们没有办法对抗衰老，就像我们没有办法对抗地心引力一样。但如果还有机会，如果你现在还未到三十岁，或者你也跟《摩登家庭》里的米切尔一样，在新年之夜受够了"变老"的感觉，那从现在开始就享受自己的"正年轻"吧。

千万不要成为从未迈出脚步的旅行家、从未写过一行诗的诗人、从未唱过一首歌的歌者和从未真正爱过一个人的情人。活在当下，活在你的二十岁、二十五岁，不要活在未来的某一天。如果有梦想，便无须多虑，即刻出发，明天或是下个月，马上就走。

记得：不要空想着计划所谓的"未来的旅程"，因为没有人知道下一刻我们会在哪儿。我们所拥有的，只有现在。

26th
我们错过的和我们所拥有的

秋子辞职了。

但休息一个星期后，她马上就要投入到一份新的工作。于是这个星期我们几乎都在陪着她尽情玩耍和撒欢。七夕那天晚上，住在902的全体成员（要么单身要么另一半在异地）一起去了MUSE2，我们举着啤酒和Mojito（莫吉托）在舞池里跳到虚脱，然后快步躲过在路边贩售高价枯萎玫瑰花的小女孩们，钻进出租车中回家。第二天，我们在家里，只打开三盏散发昏黄色灯光的镭射灯，玩起了“I haven't done this before（未尽之事）”的游戏。

游戏规则其实很简单：大家围成一个圈，然后每个人轮流说一件自己从来没有做过但觉得在场的其他人做过的事情；如果这件事在场有人做过，那么做这件事的当事人就要喝酒，如果在场没有任何人做过这件事，那么说出这件事的人就要自己喝酒。

气氛马上就活跃起来，恰巧我们一屋子人都对彼此实诚得很，于是很快我们就知道了我们中“有人去过非洲但从没有一个人坐过头等舱”、“有人整个高中都没有谈恋爱但没有一个人还拥有第一次”，我们在一次又一次碰杯中不停尖叫，大声发出“你竟然做过XXX”、“你竟然还没有做过XXX”的惊呼。

到后来，我们开始越来越难想到自己没做过的事情。“看来我们的青春还是做了很多事情。”突然有一个人说出这样一句话来。

几乎是这句话说出来的同时，音响里传出Goldfrapp（冰金乐队）的《画》（Drew），这是一首新单，说的却是关于过往的故事。

很多东西，往往在人们想方设法想要否定它的时候，反而真实得最强烈。嘴上说着“我会恨你一辈子”心里试图告诉自己从未爱过一个人的时候，那颗滚烫的深爱着对方的心却几乎下一刻就可以从衬衫中爆裂出来。

“虽然玩的是‘自己从未做过的事’，但浮现在脑海中的却全是自己曾经做过的事。”秋子说出这句话来。要回想自己“没做过”的事，自然而然就会想到自己“做过”的事、走过的路和遇见过的人。酒过三巡，大家都有点儿醉醺醺，最后干脆都瘫坐在长沙发上，说起彼此做过的事情来。

如果不是因为玩起这样的游戏，自己也不会想起很多过去的事情。但当时，自己也曾以为会一辈子记住这些事情，或是这个人。

郭敬明在自己的小说《夏至未至》再版时，自己写了再版序，里面告诉读者，那些发生在2004年夏天的故事，是怎样慢慢用十年时间在他的心里渐渐变淡。故事总是这样的，九把刀借着电影里陈妍希的嘴也告诉我们：人生，本来就有很多事情是徒劳无功的。大脑这个时候只是做了一个好心人，把认为我们都不需要的记忆，悄悄删去。在这之后的我们，才能慢慢向前，学会更加理性地去面对这个世界。

年少时，蝉鸣不间歇的夏天、穿着白衬衫的男孩们、摇曳着裙摆的女孩们——这些我们错过的和我们所拥有的，都被保留在时光里。每一次我们出来再看，好像都还可以闻到那个时候的香樟树的香味。被保留下来的男孩和女孩们还是完美的，他们穿着校服，有着浅浅的独特汗味。而那些年少时的依恋和未完成的故事，像是贴了很久的创可贴，慢慢失去了黏性，等到它脱落时我们才发现，伤口原来早就已经好了。

只是留下的伤口，会偶尔在这样的夜里显现出来，拼尽全力证明这些事情你曾经“做过”，它曾经发生过。这是时光在一个人心里划下的重重一刀，却也是时光最宝贵的馈赠。

k e y w o r d

第十一个关键词 | 过往

T h e P a s t

27th

谢谢你，亲爱的十七岁

办公室的人最近一直在讨论一部台湾偶像剧。

“也不知道为什么看着看着就想起自己年轻时候做过的傻事来。”“对的对的，我看着看着眼眶就红了。”“这部戏得了好多奖呢。”“真的好看呢，话说我年轻的时候怎么就没有李大仁这种异性朋友？”连我这个已经告别偶像剧好久的人，也终于忍不住开始打探这部剧的名字。

“《我可能不会爱你》，这部戏叫《我可能不会爱你》。”

《我可能不会爱你》毕竟还是裹着偶像剧的外衣，类似于剧情中的略微刻意和不时出现的植入广告依旧显而易见。然而从第一集看下来，还是觉得这是一部很舒服的作品。打开豆瓣的电视剧页面，一句“张士豪和袁湘琴都三十岁了，但是十七岁好像真的还是昨天”突然映入眼帘；内心翻滚了好久，慢慢才消化掉这句话。

本着同事推荐打发时间的心态点开第一集，也没想过要为这部戏写点什么东西出来。但怎么看，都觉得自己不像在看一部偶像剧，更像是回望自己的青春。在毫无思绪的情况下听到林依晨说的那句“好怀念我的十七岁，不过也开始慢慢喜欢上现在的自己”时，便更加确认了这个想法。是啊，林依晨也终于不用再扮袁湘琴装疯卖傻，而我也终于彻底告别了那个有资本可以装疯卖傻的十七岁。

几乎在片尾曲响起的同时，接到妈妈从千里之外打来的电话；心里突然“咯噔”一声，似乎对这种“感性”巧合感到手足无措。电话那边妈妈也没有特别的事情，耗了半分钟我轻声问她要不要给爸爸买件羽绒服。问出口的同时，心里也在忐忑掂量这个月还剩下多少钱；然后妈妈就淡淡回了一句“家里都有，何必那么麻烦”，我心里想着目前能做的也就只有这些而已，所以又回了一句“公司对面就是邮局，一点也不麻烦，况且我现在收入也不少，你担心什么”，结果她还是只回了一句“有钱就存着嘛”。不愧还是妈妈，心里暗自这么对自己说。

尽管两个人的语气都充满了不舍，然而也没有其他多余的话题可以聊下去，只好叮嘱妈妈注意身体，最后挂了电话。挂完电话，心里突然就涌起一股文艺青年的“伤春悲秋”来，似乎在说“好吧老天爷，你得逞了，你终于成功让一个远在异乡又被朋友放了鸽子的苦情广告男感伤起青春年少这种事情来”。依照现在年轻人的想法，这种小清新的感伤是多么造作又可笑。然而情绪一到就无法控制，竟然想起初中第一次离家读内宿学校，三天两头在电话亭对着电话那头的妈妈哭到虚脱的样子。那个时候的妈妈一定也对我很不耐烦，因为打给她她也无能为力，然而我依旧还是三天一大哭两天一小哭，她除了安抚什么也做不了。

终于渐渐长大，我们通话时她再也不需要提供“安抚情绪错乱儿童”这种服务。有时候在想，妈妈会不会觉得有一些难过，因为我已经强大到再也不需要她安抚了，可是偶尔她也会想要安抚一下自己的孩子吧？但现在的自己，即使在上海因为临时事故面临无家可归的状况，也不会再打电话跟他们抱怨和求助；我总是希望有一天，自己可以强大到依靠自己的力量就足以解决所有问题。

不过在这个晚上，看完一集《我可能不会爱你》又接到妈妈电话的晚上，突然怀念起初中时的那个自己，可以那么毫不在乎旁人的眼光肆无忌惮地在电话亭哭到失声，可以仗着花样的年纪无时无刻不去打扰妈妈。

一瞬间，突然觉得现在这个努力使自己看起来无所不能的我，好累。

或许尝试接受和喜欢现在的自己，不一定意味着就要否定过去；所以我们才会偶尔怀念自己的十七岁，尽管那时候的我们真的很无知。之所以要让自己看起来更成熟更懂事，也许是因为不希望自己一直沉溺在对于十七岁的怀念中，因为怀念的结果除了感伤再没有其他了。人生不是电影，“回到十七岁”这种剧情永远不可能发生在现实中。

十七岁时候的我，很无知，却依旧很棒，因为那个时候的我，不需要依靠否定过去或未来来证明现在。现在的我，不是很确定我三十岁的时候会变成什么样子，只想学着林依晨说上一句："好怀念我的十七岁，不过也开始慢慢喜欢上现在的自己。"

谢谢你，亲爱的十七岁。

28th

小时候的味道

室友这两天咳得厉害，但今天早上醒来却想吃油煎馄饨。我哭笑不得地对她说："半夜都把自己咳醒了还吃油炸的？"她嘟着嘴说："越是生病，便越想吃小时候味道的食物；我小时候在家妈妈常常把昨夜吃剩的馄饨用油煎一煎，蘸点醋就是一餐美味的早饭了；今天起来只想吃这个，不管了。"就像广东人离不开腊味，上海人离不开菜饭；我一直相信，人是有味觉记忆的。这些"小时候的味道"即便五年、十年都没机会再吃，也总是会挂念着，一吃就能想起过往时的味道来。这种味觉记忆，缠绕着思乡的点滴情怀，成为人们最原始的"乡愁"。

我小的时候，住在邮电局。乡下的邮电局员工并不是很多，除了我爸爸妈妈，还有一个专门收发信件的伯伯。我很喜欢在邮电局住的那段日子，帮着收发信件的伯伯分信件，“这个是榕溪的”、“这个要寄到吉祥”、“这个是给中学学生的”，上小学的时候靠着这份“兼职”，也认识了不少生字。现在想起来，那可真是颇为不可思议的经历啊，除了那个伯伯，哪有人敢让一个上小学二三年级的学生分发信件呢？

不过我之所以爱待在信件室，还有一个原因就是信件室里有很多杂志可以看。《家庭》、《知音》这些现时不被看好的杂志是当时最多人订的杂志；《故事大王》和《小学生作文》我也看过。似乎我当时看的书都很杂乱，六年级的时候大姨还送了我两册超厚的《一千零一夜》，我一直记得是湖南文艺出版社出版的，完全按照原文翻译，根本就不是儿童读物的水准。

我偶尔还会帮爸爸盖邮戳，贴完邮票的信件放入邮筒后，会在每周二、周四被收到营业厅来，要盖上寄件地邮戳后才能运到县城去发往各地。县城的车一个星期来两次，每一次来都装着很多很多寄来的信件和包裹，然后再把当周要寄出的信件和包裹运走。有的时候，我会央求爸爸让我来盖邮戳。即便现在已经过去了十几年，脑海中常常还是会想起，下午四五点时，夕阳照在小邮电局的营业厅柜台上，里边传出来一声声清脆的邮戳声。好奇妙啊，在没有其他快递且电话也鲜少人能用得上的年代，邮电局是当时人与人维系感情与保持联系的唯一工具，多伟大的使命啊！

但是，下面才要进入“味道”的正题呢。

小邮电局是四层的，二、三、四层是职员住的地方，我们家住在二楼。信件室的伯伯没有住在邮电局，因为他在镇上有家，所以邮电局的菜地，全部都被我妈承包了。最后边靠墙的一小排，种着甘蔗，接下来的菜地种着花生，我央求了好久妈妈才给种上的；靠着营业厅外墙的那一堵墙边种着番茄，但我们家种的番茄从来都只是绿色的，我们也从来没有吃过。说起来，我出生到现在二十年，我们家的饭桌上好像真的从来没有“番茄炒蛋”这道菜。妈妈说番茄不好吃，种着只是为了好看，而且番茄的苗可以遮住一点营业厅的窗户，这样晌午从后面射进来的太阳就不会显得那么刺眼了。中间的菜地种着天津白、油菜、芥蓝、包菜等各式各样的蔬菜，在某一亩的边角里，还种着两株韭菜。

大概夏天过去一半的时间吧，地里的花生就可以拔出来了。

那个时候在镇上读中学的表姐每天会来我家吃晚饭，如果妈妈还在工作的话，就会叫她帮忙把地里的花生拔出来。刚刚拔出来的花生，洗净后放入沙煲，只放盐水煮，简直是人间美味。有时候握在手中太烫，就只好放入口袋或是胸前的袋子里，一边从袋子里拿出烫烫的花生吹气，一边看着热热的水浸湿了胸口和裤袋。如果被妈妈发现，她就会大喊："殇食鬼哟，衫裤都弄脏咯。"每天晚上妈妈收拾好办公室的文件，都会跑到菜地去摘晚上要吃的菜，新鲜的小油菜永远是很小的叶子，摘了半亩也没有多少，加点猪油翻炒，餐餐都不会有剩。

说到猪油，还要说酿豆腐呢。这个菜那个时候在我们家可是隔两天就要吃，用猪油将酿好的豆腐煎至金黄，加点猪油渣一起翻炒，配着刚摘的新鲜生菜和紫金椒酱一起吃。但小的时候还吃不下那么大块的酿豆腐，常常就只喝酿豆腐的酱汁，然后把酿豆腐里的肉翻出来吃个一干二净，妈妈这个时候就会骂起来："作死哟，翻成这样，其他人还怎么吃嘛。"

没有番茄炒蛋，韭菜炒蛋也是不错的替代品。韭菜生命力旺盛，从中间捏下后，还会继续生长，像是植物中的蚯蚓，所以我们从不连根拔起，都是将长得大大的韭菜，从中间捏出几条，便足够炒蛋了。何况客家人还爱吃菜埔炒蛋，所以捏完一次，下一次再去的时候往往新的韭菜叶子又已经长好。现在想来，恐怕这便是《舌尖上的中国》里说的“人类对于食物的敬意”——毕竟是因为它们的牺牲，才换来我们生命的延续；如果不尊重食物和这片土地，必然是无法得到神的庇护的。

想起来这些味道确实是“小时候的味道”，后来搬出邮电局后妈妈当然也还是会做这些菜，但妈妈已经没有小菜园可以种菜了。后来吃的菜，总觉得有一些地方是不对的，却又说不出个所以然来。若不是室友说起油煎馄饨时那“即便是咳死也要吃”的坚定表情，我并不会在异乡想起这些来——那年夏天，温熙的落日下，陪着妈妈一同在菜地，她在用角锄翻着菜地，我则光着脚和姐姐沿着小径跑来跑去的日子。

“今晚吃什么好呢？”停下来的妈妈会这么问，其实有时候并不是问我们，只是自言自语而已。

“想吃油菜，想吃油菜。”我跟姐姐争先恐后地说。

“哎呀，荷兰豆再不摘就都老掉啦。”

说完，她便不顾我们，跑去摘荷兰豆了。

29th

与小清新有关的岁月

我买了一双鞋子和一包茶叶，这都不在我的计划之内。晚上十点，游荡在长沙的太平街，无所事事且随心所欲，这么小清新的事情，已经不太像是我会做的事。

来太平街的路上，我和津津坐在出租车里，看见两个穿着校服的女孩子正在街边抽烟。“以前觉得很牛的事情，现在都觉得好傻。”我们经过地下通道的时候，还看到一个穿着波西米亚风格长裙的女孩子正在俯身拍弹吉他。

不知道从什么时候，开始觉得“成为小清新”这件事好丢人。就好像在现在的豆瓣，喜欢陈绮贞、苏打绿抑或五月天我都觉得是一件丢人的事。

否定自己的过去，可能是成长的一种表现，但有时候，却并没有因此觉得特别开心。

我的“小清新”人生，大概是从喜欢上曹方和 Tamas Wells 开始的。在那之前，我的 MP3 里，只充斥着诸如梁静茹和蔡依林此类的流行歌手。

我做过很多在现在看来不可思议的事情，我曾去看过蔡依林的演唱会，坐在第二排，与打鸡血歌迷会组织的成员对着吊在半空的我大声尖叫；你如果以为事情只是这么简单就太小看我了，真正的高潮是我在演唱会结束后把演唱会的 PP 材质大海报从挂架上撕了下来，然后带回了宿舍……同样的事情，还发生在曹方“荒岛音乐节”广州站上，城画的工作人员用惊异的眼神听完了我的诉求，然后一字一顿地说道：“你喜欢就拿去吧，广州是最后一站，这海报我们也没用了。”

这两张海报，我一直存到毕业，实在没办法带走，才丢了。

尽管我不愿承认，但我年轻的时候，比你们想象得要小清新和傻很多。

年轻的时候，喜欢一个偶像似乎是一定会经历的一件事；现在想来，一切都显得不可思议，但偶尔也会很佩服自己当时的勇气和魄力——凭着这股不到黄河心不死的勇气和精力，我也得到过很多奇怪的福利：和 Tamas Wells 一起喝过酒，和 Chris Garneau 一起吃过火锅，和 Tizzy Bac 一起吃过麻辣烫，还和熊宝贝乐团的人一起吃过烧烤……现在想起来，真是既奇妙又不失诡异的经历。

有一些东西，似乎只会在相应的年纪去做；过了这个年纪，就再也没有机会了。

现在的我，好像再也没办法去做这样的事情。即便是去看最爱的苏菲·珊曼妮，我也是躲在远处的墙角，没有拼尽力气要挤进第一排的欲望。而梁静茹，当时没有去看她的演唱会，现在已经完全失去欲望了。

现在的大部分时间，我和你们一起在豆瓣开某歌星的玩笑，嘲笑脑残粉，看不起那些去厦门和丽江自我麻醉的人们。但事实上，我最怀念的一次旅行，就是去厦门。那个时候读着大二，我没打算跟父母要钱，所以一切都得省着来：坐十三个小时的硬座，住在青年旅社，从厦大一路走回台湾民俗村，看着夜晚的海面流泪……这一次旅行中所发生的一切，都不会再去做也没有机会去做了。

我读大学的时候，就只有厦门这一次旅行；所以我有时候会想，我的青春似乎被浪费掉了，我没有做很多事情，或者去很多地方旅行。

不过像今天这样的晚上，我躲在太平街某间小咖啡馆码字的这个晚上，写到这里时，我觉得我还是把这段“小清新”岁月活得有声有色的。

或许我们嘲笑从前的自己不懂事和傻气，有时候并不是出于自己已经“成长”，而是因为不希望再给自己机会去怀念回不去的小清新岁月。我开始觉得，尝试接受和喜欢现在的自己，也许不一定意味着就要否定过去。

我还是会怀念我的小清新岁月，怀念足够盖住半边墙壁的曹方和蔡依林的巡演海报，怀念在厦门时提着一瓶啤酒和朋友安静地坐在青旅小院子里的晚上。

这便是我和小清新有关的岁月了。有时候我觉得，它并没有在真正意义上结束。时间有时候很无情，把我们从“小清新”变成了“水表”；但愿你还愿意，抽一点儿时间留给安静和无所事事。

30th

时间是青春唯一的记录器

前两天晚上，和挚友睡在床前，无意哼起薛凯琪的《男孩像你》，哼完一首又觉得不尽兴；于是又慢慢开始哼《少女的祈祷》、《可惜我是水瓶座》……把我们俩都会的、一个一个歌手轮番下来全部哼完；哼到梁静茹时，发现好多老歌我竟然连词带曲都还那么熟悉，然后涌起一股难以言喻的情感——这个陪着我走过年轻时代的人，已经变得我都认不得了；兴许是我变了，但为何依旧迷恋这些老歌？“生活中交错失望，越想念就越孤单……如果有一天，我们再见面，时间会不会倒退一点儿？”这些词都还能够触动我的心房。歌越唱越旧，最后连F4、小虎队和叶倩文都翻出来唱，一边笑着一边哼唱完，好像是自己对自己举行一次二十周年庆典，没有烟花、没有礼炮，有的只是当初陪着你的人依旧陪着你，一句一句唱完一首歌而已。

或许是出于私心，或许是出于共同回忆，总之，谈到“青春”，我们总是有滔滔不绝的话题。与青春告别似乎是一件特别困难的事，所以总是有这样的书籍和映画，抓住青春里的某个瞬间，让我们重温当时的悸动和回忆。无论是《致青春》、《中国合伙人》，还是《小时代》，尽管各自的映画水准参差不齐且许多桥段都透露着刻意和造作，但却不得不承认，它们都是向青春致敬的作品。于我而言，大概青春也跟这些电影一样吧。翻开那些年写的日记，会发现自己确实会使用过量的矫情修饰语，而且这种“矫情”的心境已经完全找不回来了。以此看这些所谓《致青春》的电影时，总会有些不适应，我到底是还处在青春的尾巴中还是已经也要开始学会告别青春了呢？

其实对我来说，关乎于“青春”的电影，是永恒的《哈利·波特》系列。

我还记得两年前看完《哈利·波特与死亡圣器》首映的晚上，我坐着出租车回家，把头发别到脑后，然后斜坐着看这城市的夜。我很喜欢在夜晚坐车的感觉，因为窗外没有人会注意到你，偶尔有的晚风也只会让人的心越来越安定。没有拥堵的马路，没有赶着上下班的路人，世界在夜晚变得异常安静又美丽。看完《哈利·波特与死亡圣器》我没有哭，一部分是因为影像上导演处理得糟糕，一部分是惊觉自己无需和哈利告别，因为他永远都还在我心底。需要告别和感到难过的，是那些已经回不去或者彻底离开的人、事吧？彼此在各地都已经开始新生活了，想要再重聚却困难重重。已经是成年人的我们，多令人惆怅。“只想和你们在一起”这种年轻又任性的话明明都还没有说过，却连机会都没有了，因此只好在上面说的电影中，找到慰藉和短暂解脱。这些电影之所以火起来，除了养眼的男女主角，大概对很多人来说也是对于青春和青春里未完成心愿的一次致敬。

每日清晨由出租车输送到城市某个水泥钢筋建筑的我，身上早已经脱去了青春的多愁善感和稚嫩。是啊，这些如安妮宝贝笔下“现世安稳，岁月静好”的映画，已经不足以麻醉这个不再小清新的我了。然而，这些歌曲和电影中关乎于“青春”的字眼，却总是拼了命想要挤回我的世界，企图用回忆让我将它们好好铭记。我的青春似乎并没有“伤春悲秋”这种文艺字眼的词语，大概就是上课、下课、长假和周末。我期待中轰轰烈烈的青春，其实一直都未有过；许多人期待中的青春，也一直没有来过。这个世界其实就是很多人在不同的阶段都在做同样的事，不管是幼稚还是成熟，有心还是无意，我们的生活似乎都在一个循环中。所以很多人可以在同一首歌、同一部电影中看见自己的青春岁月，看见自己的成长和老去。

青春锻造了我们今日的模样，而时间是唯一的记录器。只要我们还活着，便无需与“青春”说再会，因为“青春”还在延续呢。

k e y w o r d

第十二个关键词 | 旅知

Journey To Know

31st

重庆的三月

我喜欢重庆。

这个念头刚冒出来时，我才抵达重庆不到一个小时。坐在轻轨上，从机场到观音桥，最开始的几站人还不是很多。也就是这个时候，下午五点的日光爬过轻轨的窗户，慢慢透了进来。在这个车厢中，还没有一个人认识我，我也不认识他们中的任何一个。但我们彼此分享着这傍晚金黄色的夕阳，任凭它肆意懒洋洋地洒在我们的身上。就是在这个时候，我突然涌起一股类似于文艺青年“伤春悲秋”的喜悦感，并由此爱上重庆。

我当然不是第一次坐轻轨，也不是第一次在轻轨中看到日光或夕阳，但我确实很久没有在公共交通中产生这股安详感了。或许跟对面的乘客有关？他们一行四人，三女一男，似乎其中一对是情侣，三个女生又是朋友，彼此说着话，时不时又嗤笑一下，像是日本漫画中的电车少女，健康又充满朝气。

重庆在我眼中是“土气”的，四面环山的盆地，隐隐约约间总有回到老家的感觉。

“山城”无疑从名字上就让我有了好感，似乎我来的时机也刚刚好。“这几年种了树，空气好多了，早些年来，都是尘土。”到了晓茉家时，晓茉的外婆这么对我说。老太太今年七十多了，身子骨却特别硬朗，没事还喜欢用 iPad 玩纸牌游戏。晓茉，是去年在我家住过一周左右的沙发客。这个女孩非常有趣，初中就开始一个人旅行；去年夏天，她从重庆出发游江、浙、沪，其间在我们家待了几天，我们因此而认识。

念念不忘，必有回响——如果用一句话形容我的“重庆之行”，便会是这句话。

再次见晓茉，一点点拘谨的感觉都没有，她也是去年我和兔子接待的沙发客中，唯一还与我一直保持着联系的女孩。她在厦门的时候跟我分享她的见闻，我也跟她分享我第一本书的进展。因此与其说这一次旅行是“认识”或“见识”重庆，不如说是“见见老友”——只不过这个老友住得比较远，不像其他在上海的朋友坐个地铁就能见到，需要坐飞机才能见上。

晓茉自己家在中央美地，更让我对这个女生刮目相看。因为在我看来，我远没有想到她的家境会如此之好，她不仅没有一丁点儿大小姐架子，相反十分独立和随和。她的性格很多样：喜欢户外运动，时不时就要找个周末去野外露营，却也想着毕业后去城画上班，如果可行就定居广州。她是令人安心的，没有现今年轻人的浮躁感，生活在她脚下，像是一幅霍比特人的中土冒险地图，一步一步打开，一步一步向前，没有那么多矫揉造作。

我在重庆并没有去很多地方，何况中间两天又抽空去了一趟成都，但我着实喜欢待在晓茉家。她家有一个属于自己的院子，院子里围着木桩或篱笆，绿色的枝叶绕着它们生长，将院子打造成属于自己私密的静谧地。院子连着落地窗，没有传统意义上城市中厚重得加了好几把锁的防盗门，而且落地窗就是大门。得益于此，客厅便变得格外敞亮，饭厅和客厅是一体的，还可以直接通到后边的阳台。

四月还没有来，但他们说夏天已经快到了。不知道下一次来重庆，或是下一次见晓茉会是什么时候；也不知道在各自的旅行计划中，我们会不会在一个陌生的城市再次交集。但如同苏打绿在《当我们一起走过》中唱道："也知道，我们并不会退缩；狂奔的念头，不曾停止温柔；一直到，将来我们都成熟。"请原谅我在此刻，化身为会令你掉一地鸡皮疙瘩的文艺青年。因为旅程对我们来说，永不在于了解和认识一个新的地方，而是了解和认识未知的自己。

旅行对我而言，是对未来自己的约定，通过这样的仪式，我便可更安然自若地去接受下一个阶段的自己。

我们并不会退缩，因为我们不害怕去面对一个更强大的自己。

32nd

德黑兰的朝阳

我从伊朗回到国内的几个星期内，每次闭上眼睛，总还是会想起那些在 Hyperstar 看到的女生们。她们围着黑色的头巾，有些面容像 Dior J'adore（迪奥真我）香水里的 Charlize Theron（查理兹·塞隆）一样冷峻迷人；有一些则像是《饥饿游戏》里的 Jennifer Lawrence（詹妮弗·劳伦斯），有些白皙的脸和一点点婴儿肥，笑起来像玫瑰花一样迷人。她们大多数不施粉黛也已经足够动人，如果刷了一层睫毛膏，又涂上了大红色的口红，你会发现每一帧她们映射到你瞳孔中的模样，都像是时装画报里的女郎一样令人惊艳。

伊朗根本没有谣传得那么危险，甚至跟“危险”两个字搭不上边，当然也没有人们想象中那么穷破。事实上，在首都德黑兰北部，这些地段的房价几乎可以和北京持平，一套三室一厅带开放式厨房的公寓月租是一千五百美元，相当于九千元人民币。这里的物价也差不多跟国内持平，大多数商品要比国内便宜。比如半打西葫芦，国内大概要卖到六七块，这边只要两块钱；一瓶一升的鲜榨橙汁，这边大概只需要六块钱。

站在首都德黑兰的街头，人群中也看不见几个外国人。也许是因为这个原因，伊朗人看到外国人会极其热情，站在德黑兰街头，很多陌生人会上前跟你打招呼，微笑着问你从哪个国家来。

我一直认为就诠释“礼仪之邦”这四字来说，现在的伊朗人做得很好。我喜欢伊朗的每一个笑容，他们像是德黑兰六点的朝阳，灿烂又充满希望。这些笑容让人觉得这个国家如此温暖，让人觉得这个国家依旧到处充满着希望；而生活在这里的人，都像棉花糖一样细腻又柔软。

我离开德黑兰的时候，是早晨五点。坐上出租车从北区开往机场的路上，德黑兰的朝阳刚刚升起。在一片空旷的原野中，金色的阳光从车窗外透了进来。出租车司机是个女人，一般来说这里的女人并不会主动跟异性搭讪。但她突然问我“德黑兰的朝阳是不是很美”，我看着她的背影，金色的阳光洒在她黑色的头纱上，这一束和煦的晨曦，代表了德黑兰全新一天的开始。

很美，我回答她，德黑兰的朝阳，很美。

33rd

伊斯坦布尔的一切

在我旅行生涯至今，我最爱的城市，一定是伊斯坦布尔。我想等我老了以后，就搬到这里，租一间公寓，养养花。下午两点从菜市场买菜回到公寓，然后开始准备晚饭，等到四五点的时候，我就可以坐在小露台上享用晚餐了。吃完晚餐，开始喝点餐后酒或红茶，傍晚的伊斯坦布尔这个时候已经差不多要被夕阳吞没。这些五颜六色的小房子和金色的博斯普鲁斯海峡，组成了这世上最美的景观。我爱这座城市，爱有关她的一切。

我抵达伊斯坦布尔的那一天，已经开始降温，飞机停靠在停机坪时还下起了小雨。我坐着 Metro 从机场去塔克西姆广场（Taksim Square），途中换乘了三次。我对这里的交通一无所知，我出发前一点攻略也没有做，不知道怎么去塔克西姆广场，也不知道除了在亚欧交界之外伊斯坦布尔还有多少名堂。但我带了一本书，获得2006年度诺贝尔文学奖的土耳其作家奥尔罕·帕慕克写的书——《纯真博物馆》。我还要弄清楚，为什么这个作家这么热爱这个城市，以至于他几乎将每一本小说的背景都设置在了伊斯坦布尔，不是别的国家，也不是这个国家的其他城市，就只在伊斯坦布尔。

无头蝇一样的旅行方式固然不推荐，但我却从旅行一开始就收获了很多好运。我在车站列车指引员的指路下搭乘M1线到了终点站阿夏莱（Aksaray），然后又从这里换到了第二条线路。伊斯坦布尔的地铁换乘不太便利，需要出站，二次收费不说，有一些站隔得还有一点距离，又没有路牌，实在是不太好找。但我要从阿夏莱换乘到卡巴塔斯（Kabatas）时，一出站就碰到了一个会说英文的土耳其年轻人（大部分土耳其人的英文实在是不怎么样，即便是年轻人也一样，所以你可以想到这有多么难得），他刚好跟我一个方向，于是便带我一起乘车，还帮我付了车费。

到了卡巴塔斯便到了欧洲新区，从这里到塔克西姆广场就容易多了。在奥尔罕·帕慕克写的《纯真博物馆》里，不止一次提到了塔克西姆广场。塔克西姆广场位于伊斯坦布尔市中心的贝伊奥卢路。这个饱经沧桑的城市广场见证了无数重大事件和激动人心的时刻，毋庸置疑地成为了这座城市的文化中心。广场南面矗立着环形独立纪念碑，用来纪念共和国的创建者——万千土耳其民众无比敬仰的国父凯末尔。

我的伊斯坦布尔之行，就从这里开始了。我在这里住了一个星期，但只有两天的时间去了景点。大多数时间，我在欧洲新区的大街小巷里走街串巷，碰到有意思的小店就停下来，走累了就到咖啡馆坐一坐，喝一杯红茶，然后抱着厚厚的《纯真博物馆》看上几章。在我看来，没有比在伊斯坦布尔乱闯甚至迷路更令人愉悦的事情了。这个城市无论是阴天还是晴天，都美得令人窒息。而每条小巷，都像是一次遇见美的冒险，从来不让人失望。

大概是因为处于亚欧交界，抑或是政府和国家的文化开放，伊斯坦布尔的游客比德黑兰要多得多，塔克西姆广场旁边的购物主街，从日到夜每一天都人潮涌动，甚至比南京东路的人还要多。我在这里，认识了来自各个国家的朋友。比如和法国男友一起来土耳其旅行的哥伦比亚女孩，她跟我抱怨她刚刚把自己的护照换成了法国护照，因为她用之前的哥伦比亚护照旅行时，到每一个国家都需要签证，即便是邻国厄瓜多尔。

她的法国男朋友告诉我，如果游客在街上用英文向法国人问路，他们可能真的不会理你。还有陪我一起在 Hostel（青年旅社）住了四天的西班牙男生安德里斯，他跟我说西班牙大概是欧洲人眼中最无感的国家了，因为“我们粗鲁、大声讲话，而且还喜欢打架，这就是为什么我们喜欢斗牛了”。还有来自印度的苏梅，他说所有在外国人眼中那些关于印度“神秘的部分”他都不喜欢，但他们是真的很爱跳舞。土耳其人和伊朗人也很爱跳舞，他们比国内的人看起来都要更爱音乐。在街上你随时可以看到有游唱艺人在演唱或弹奏各种风格的歌曲，我甚至还买了两张街头艺人的自制CD。

所有关于这些国家听过或未曾听过的传闻，经过这些本国人的叙述，都变得鲜活且好玩起来。这个城市，真的做到了东西方文化的交汇，一切在这里看来都是自由且合理的。

晚上十点的伊斯坦布尔，游人差不多都已经散了，公园旁边的小咖啡馆里大多都是本地人，他们喝着红茶或者咖啡，用土耳其语聊着天。我在这冷冷的空气中，感受到了一种前所未有的快乐。我问贝思拉想不想吃烤肉。土耳其有很多餐馆是自助式的，想吃什么拿什么，而且还开到很晚。在餐厅的露台上，我们边吃着鸡肉串边回顾着这一周来遇到的人和事。贝思拉说如果我想要通宵，她也可以陪我。但我特别想睡觉，而且贝思拉明早还要在Hostel上班。我跟她说，我一定会再回来，然后我要亲自在她朋友的公寓里给她做一次中国餐，到时候我们可以聊到天亮。

这大概就是我在伊斯坦布尔的一周了，我开始理解，为什么奥尔罕·帕慕克如此热爱这个城市。这个在亚洲尽头欧洲起源的城市美得不像话，当你听着 Maximilian Hecker 的《I'll Be a Virgin, I'll Be a Mountain》游荡在这里的大街小巷时，你会爱上这里：

这里的阳光、爵士 CD 店、糖果商店、香氛店、烤肉店和书店。

这里的一切。

34th
逃离马尼拉

我们在马尼拉逛 SM MALL OF ASIA 的时候发现了一个很奇怪的现象，当地的 bobbi brown（芭比布朗）、MAC 等彩妆专柜，摆出来的粉底液都没有深色号。按理说，这是很不应该的，因为我们在菲律宾遇到的十个人中，八个人肤色都很深，如果用浅色号的粉底液光想想就觉得很诡异。等到我们坐的士前往机场要离开马尼拉时，金角看到前面公交车身上的广告女星，说了一句:“菲律宾的明星们看起来都不像是菲律宾人。”

这个时候我才猜测到一个可能性，那就是菲律宾买得起 bobbi brown 的人——像是这些广告牌上肤色雪白得不真实的女星，或是在 SM MALL 专柜前肤色看起来像富家女或白领的这些女生，一般肤色都并不黑；而那些在烈日中为了五比索争前抢后帮行人拎行李把自己晒得乌漆墨黑的女人、那些肤色黝黑看起来最像普通菲律宾人的那群女人，她们用不起 bobbi brown。

即便是在首都马尼拉，也随处可见不顾生命安危在街上乞讨的小孩和老人。这里的的士司机几乎从不打表，坑一个游客是一个。比如从机场到可以开船去 Sabang（萨邦）的 Batangas（八打雁）码头，他们的开价是三千五百比索（按照当时的汇率来算大概是五百元人民币），但事实上如果搭乘公共交通工具，到 Batangas 码头花费不超过三百比索（约合人民币四十元）。即便上车前谈好要打表，下车可能也要加收费用或者干脆不给你找零，根本没有诚信可言。

酒店或是码头聚集的人们，无论是大人还是小孩，都钻着空子想要你的小费，他们不由分说，抢走你的行李，即便只是走了两步，也会跟你要几十甚至上百比索的小费。

这个叫 Sabang 的岛并不是旅游胜地，知道的人多半也是因为曾经或正在岛上学潜水。国内学习潜水条件有限，很难达到一对一教学，并且安全系数也没有国外高，所以很多想学潜水的人会来这个岛上练习。不过即便是这样，Sabang 也没有成为旅游胜地。不够知名的可能性有很多，交通的不便利是制约它发展的一个原因，但当地人几乎丧心病狂地敛财和对公共环境的不作为才是最令人头疼的。他们可以眼睛不眨一下，就把瓶身上标明售价三十二比索的啤酒抬价到九十比索。

我之所以会去Sabang，也是因为当时的一个朋友在岛上学习潜水，刚好有假期也就跟着过去了。这个小小的岛上，几乎没有什么可以吸引我长待的点。所谓的淳朴民风，早就被贫穷消灭得一干二净。破旧的街道、见缝插针的商贩和服务差劲的Hotel在这里比比皆是，岛上Wi-Fi都极慢无比，甚至还经常突然停电。你大概会觉得，这个偏远的看起来跟农村一样的小岛，至少物价会比较低。事实却刚好相反，岛上的物价比起国内的海滨城市都有过之而无不及。

这些女孩们，是这些白人在菲律宾的“临时伴侣”；这些人或许放在自己国家是一个彻头彻尾的Loser，但岛上的无知女孩们让他们的“春梦”成为可能。这些女孩中，有一些可能甚至还不满十六岁。这样一个小岛，我从抵达的第一天起，就深深觉得再也不会来。

我在马尼拉机场候机离开的时候，还收到了在 Sabang 认识的朋友发来的微信。他说他打算从 Sabang 去 Batangas 码头的时候突然刮起了台风，岛上小型接驳船因为安全问题停航。接驳船停航后，那些拥有私家船的当地人将原本只要二十六比索的船票炒到三千比索一张。不得已朋友只能选择坐摩托车去六十八公里以外的另一个码头坐大型的接驳船，结果在去的路上，摩托车司机载他到了一个荒郊野岭，然后把他身上的所有行李都抢走了（只剩下一百比索和一部手机）。我回国抵达广州以后，传来他千辛万苦总算也顺利回到国内的消息。

至于他是怎么回来的，我一直没问，也不想再问了。

k e y w o r d

第十三个关键词 | 音乐

M u s i c

35th

她的名字
就是世界上最奇妙的威士忌

布鲁斯又译蓝调，英文原词是Blues，从原词中我们就可以看出这类型音乐略带阴郁和哀伤。作为阴郁派音乐的另一极端代表——哥特（Goth），原本与Blues格格不入。但在纽约，就是这样一个传奇的女歌手，不仅使纽约曼哈顿文化中心顶级的录音室破天荒地第一次因为她的存在和才华让她免费无限时录音，还被称为哥特布鲁斯的代表人物甚至连Elton John（埃尔顿·约翰）都是她石榴裙下的歌迷。她就是现时代的纽约音乐诗人——Cat Power（猫女魔力）。

要说Cat Power的音乐完完全全是哥特布鲁斯却又不尽然。百度百科的介绍里形容她是20世纪90年代世界独立音乐界最令人瞩目的摇滚/民谣/蓝调的音乐创作人之一。她的音乐不像单纯的 Blues；又不像 Norah Jones（诺拉·琼斯）般的 Jzaa；要说是 Rock 的话却又清新舒服得多；要说是小清新却又有着强烈和合拍的鼓点。也难怪她能把 Blues 和 Goth 结合在一起，自由、放逐的音乐态度和曲风不仅独具一格，竟也令人备感亲切，完完全全唱到心坎里。音乐果然要如其人般尽兴才能有着令人惊艳的火花啊！

王家卫在筹拍《蓝莓之夜》的时候曾先行和友人开车穿越了整个美国来了次公路旅行，在旅行前他们在 CD 店买了一大堆 CD，其中就包括了 Cat Power 的这张《The Greatest》。因为甚爱 Cat Power 的歌声，王家卫把专辑的同名主打“借”到了电影的原声里。Cat Power 打趣说必须让她在电影里演一个角色，王家卫却真的放在了心上。于是在电影上映的时候，我们看到了屏幕上 Jude Law（裘德·洛）那一位神秘又迷人的前女友。电影诗人和音乐诗人的结合使《蓝莓之夜》这部电影显得无比洒脱又自由，令人向往。

《The Greatest》这张专辑无疑是近年来 Blues 音乐里最为出色的一张。从主打《The Greatest》温柔、纯洁的声线开始，整张专辑完全没有任何疲软点。《The Greatest》里对于理想和追求的回看与现实的对照令人难过和不忍；《Could We》里恋爱时跳跃不断无法平静的心像是在午后吃了一个香草冰激凌一样令人不自觉感到甜蜜；要说最扣人心弦的恐怕是《Where is my love》吧？这一首歌相信任何一个寂寞或孤单的人在暗夜一听都会泪奔，Cat Power的歌声小心演进，久久不息，有着精灵一般的魔力。

好多个夜里，当我一个人在写字的时候，我就将音响打开，轻轻点开这张专辑。先将思绪放到最空，随着这入耳的音乐随意放逐一番，竟然在清醒之时也会感受到微醺时那种自在。我猜很多人爱上喝酒，估计也是因为喜欢上微醺之后那种肆意、自在又放逐的快感吧？现实中各种三教九流的规矩已经令我们够难过了，当我们只面对自己的时候怎么能够那么委屈呢？

今晚，要是out of alcoholic（不加酒精），我们来一杯Cat Power也可以——因为她的名字就是世界上最奇妙的威士忌。

36th

以精灵的名义歌唱

有的人当歌手是因为他喜欢当上歌手后带来的名和利；有的人当歌手是为了满足自己膨胀的虚荣心；只有很少很少一部分人当歌手是因为他已经深陷音乐当中无法自拔。浮华的世界，燥热的娱乐圈，电音舞曲才是长期占据排行榜榜首的主流音乐；所以，曾经被我们认为“Rap 小天王”的潘玮柏、“中低音情歌天后”的萧亚轩也纷纷加入了电音舞曲之列。对于音乐的态度，正如对于梦想的态度一样，执着还是妥协是每一个时代都存在的问题。

你认识 Sophie Zelmani（苏菲珊•曼尼）可能是通过《Going Home》，王菲翻唱的《乘客》让许多歌迷第一次了解到这位北欧国度的音乐精灵；而我，则是通过台湾一部偶像剧知道了这一首《Going Home》，瞬间被精灵的音乐魔法所感染。如果音乐是一种幻术，那 Sophie Zelmani 一定是世界上最强大的幻术师。她的歌词简单易懂，和音乐一样清新简单却打动人心。最最著名的《Going Home》写的就是她在音乐创造遭遇瓶颈时的所感所想。淡淡感伤里却竟然蕴藏着治愈和带来新希望的力量，这是 Sophie Zelmani 最伟大的幻术之一。

《歌舞人生》（Sing And Dance）的专辑是 Zelmani 在 2002 年发行的第四张个人专辑，从她 1995 年踏入歌坛后已经过去了七年。她的专辑每每发行都好评如潮，没有任何音乐背景和舞台经历的她首张专辑就打进流行音乐排行榜第四名，之后慢慢被瑞士、日本乃至西欧音乐界熟知。与前面所说的一样，这样的知名度并没有导致她像现在很多当红歌手一样开始粗制滥造音乐只为"一年一张"，她出专辑的速度还是不紧不慢，并且一连串的巡演和访谈反而使她颇不适应。生性腼腆的她，从来只是默默做着她满意的音乐，并用音乐创造的美梦感染每一位进入梦境的听众。

整张专辑里我最喜欢的一首歌是《Breeze》，这是一首伤感的失恋情歌，但和流行榜上要死不活的悲情情歌不同，Zelmani把这首歌演绎得颇为淡然。这首歌在虾米的收听数为33114，甚至高过了王菲带热的《Going Home》。如果说《恋夏500日》是失恋者最适合看的电影，那么这首坚定、淡然又带着一丝令人不忍的情歌，绝对是失恋者疗伤最适合的歌了吧。因为真正令人觉得怜惜的，往往不是那些还能直言失恋疼痛的人，而是那些即使难过也强打着精神勇敢站起来的人——这是一个女人对自己和他人的感情最勇敢最坚强的处理，如果已经不爱，那我选择离开。

我爱这个北欧的音乐精灵，正如她说当她觉得生活和音乐无法进行时她选择回家让自己好好休整；而离家在外的我，会选择在她的音乐创造出的世界里休整和治愈。她的音乐不是那种刚打榜时你会循环播放，过了打榜期就遗忘的音乐，而是那种任何时候只要你想起、任何时候只要你再听到，都会再次被感染和沉醉其中的音乐。“我们已经老大不小不能肆意妄为了，只有梦想能让我觉得我充满朝气”，这是《Going Home》她吟唱的歌词中其中一句，当每一次我难过和彷徨的时候，我就会想起这首歌，然后告诉自己：与其向现实妥协，一辈子碌碌无为；不如把自己逼到毫无退路，只有追寻梦想这一条路。正如苏菲，只有创造出一首又一首令她自己和听众满意的歌她才善罢甘休一样——只有带着梦想，我才能真切感受到我是活着的。

所以，我和她都不会停下追寻梦想的脚步。

37th

大智若愚是只有智者才能拥有的终极本领

《忐忑》的走红对于龚琳娜来说到底是一件好事，还是坏事呢？虽然说被更多人熟识意味着艺术生涯将更为瞩目，但多数人对于《忐忑》这首歌也只是抱着调侃和吐槽的态度，能有几人真正了解这首“神曲”下的龚琳娜？若不是在虾米发现这张专辑，我根本就不知道龚琳娜还曾出过一张如此正点的专辑。即使《忐忑》被封为2010年的第一神曲，但这张专辑依旧藏在豆瓣的角落里，只有157人有过评价，还不知道里面包不包括纯吐槽的评价。

《忐忑》的走红也许能让龚琳娜获得更多跟大众见面的机会，《静夜思》、《腊梅》里的唱腔若用于《赤壁》一类的史诗大片原声就极为合适。然而，在2010年前，龚琳娜却还不如一个在日本发展的阿兰知名。追求极致艺术还是艺术与商业的结合，想必是很多艺术家一生都头痛的问题，毕竟能有几人能做到追求极致艺术的同时还被社会大众都认可呢？她是孜孜不倦的，音乐不只是声音的复制与单纯的演化，更重要的是传达思想，从一个发声的机器变成了有思想灵感的艺术家。

《忐忑》出来后骂龚琳娜的网友说的话要多难听有多难听。不管是浮华的娱乐圈还是真正的艺术圈，普罗大众对于艺术家们总是毫不客气。追捧的人奉之为偶像或精神食粮，唾弃的人连艺术家的祖宗十八代都骂进去了——问题是，不喜欢听不听就罢，人家祖宗十八代与你何干？倒是龚琳娜一副大智若愚的姿态，在优酷网采访她的时候表现得相当怡然和真实。台上的她表演丝丝入扣可谓极致，台下却与普通人无异。有着这样纯粹的心，才能创造出如此令人惊艳的作品吧？

西方流行音乐大热的今天，和我一样的年轻人对于民乐根本提不起多大兴趣。若不是龚琳娜以如此特殊的方式走进人们视野，有多少人甚至忘记了民乐这个音乐类型？在“中国制造”被人唾弃的今天，舶来品莫名其妙就相对被镀上了一层金。有几人还记得，世上最优美的字必定是汉字；又有几人还记得，大气恢弘的音乐不止有交响乐而已。民乐界真该好好感谢龚琳娜，无论是黑猫还是白猫，至少这一次民乐彻彻底底抓住了国人的眼球。

在国外拿奖的龚琳娜，一个如此优秀的音乐人，如此有浓郁文学民族风的作品，国内的主流舞台却从来见不到她的踪影。直到《忐忑》以这样极端的方式红起来，她才走进人们眼球，这算不算是国内音乐界的悲哀呢？我并不是一个跟风听歌的人，但这次给出的五星相当诚恳。龚琳娜于我而言的魅力在于，在听很多民乐时我完全无感甚至心生排斥感。但这张专辑从第一首开始竟然就完完全全抓住了我的心。或许这是用心的人做出来的音乐之魅力所在吧，还是该说龚琳娜其实有一副名副其实的好嗓子呢？

“二十七岁之前，是好学生、乖乖女，获得无数赞誉与奖项。之后，拒绝晚会假唱，辞掉乐团独唱的工作，开始探索新艺术，在欧洲演绎中国新艺术歌曲。不断创新发展中国歌曲的演唱是其艺术理想。艺术家不是声音好、技巧高、名气大，艺术家的艺术造诣不只来源于对艺术本身的思索与追求，更来自于对自身人格的修炼与升华。”

这就是我眼中的龚琳娜了。

k e y w o r d

第十四个关键词 | 书籍

B o o k s

38th

在这世界上，任何事都绝不是偶然

保罗·科埃略当之无愧是这个时代最伟大的作家之一。他的作品中，我最喜欢的一本是《维罗妮卡决定去死》。这本书的高超之处在于，它通过一个发生在疯人院里的故事，点出了人类史上永不没落的两大话题："怎样的人生才算有意义"以及"怎样才能让人生有意义"。

从保罗·科埃略的文字中，我们常常可以看到他在心理学上的建树。作家要写一些文字很容易，但是要写一些让大多数读者有共鸣的文字却并不简单。而要做到像保罗·科埃略一样，写的文字除了让读者有共鸣还能引发读者进行深入思考，那可真是难上加难。《维罗妮卡决定去死》这部作品绝妙的地方在于：借用"小说”这种普通人最能接受的文学体裁，把他心理学上的天赋和对于人生的感悟巧妙地传达给了读者。

保罗·科埃略具备作为顶尖作家的先决条件：敢为人先的想法；坚定执着的毅力；敏锐的观察和顿悟能力以及近乎神奇的多舛人生经历。正是这些，让我通过小说里的文字也能感受到这个男人惊人的天赋和才识。他作为联合国教科文组织（Intercultural Dialogues and Spiritual Convergences）论坛的特别顾问简直是实至名归。

这部在2000年出版的小说，将故事发生的地点定在大部分人闻所未闻的一个叫斯洛文尼亚的小国。然而即使是十年后的今天，无论是在众多发达国家还是在媒体述说中正“慢慢崛起”的中国，小说主人公的故事依然具有普遍意义。如流水线一样的人生、无意义的工作、无法理解的他人和社会，这一些在被称为“幸福一代”的80后、90后年轻人中更加凸现出来——也正如保罗·科埃略书中所说：越是幸福的人，越容易出现心理问题。

在这个衣足饭饱的年代，我们更需要的是了解人生本质的意义。可悲的是，大部分人不懂得反思自己的生活和人生。在他们看来，一生为了可以果腹的三餐和一个房子奋斗就是活着的意义。大部分人不懂得反思，是因为整个社会都在这么做。尽管大家都不知道为什么要这么做，却依旧遵循着这莫名其妙的社会规则。而在这个多数人说了算的群居时代里，最难过和最可悲的莫过于那些少数人——他们就犹如没有喝井水没有得病的国王，不得不装成疯子以显示自己不是异类。

保罗·科埃略在这部小说里借维罗妮卡之口质问这个世界：为什么我要接受这些荒唐的人和事？写这部小说和看这部小说的人其实一样在解答同一个问题——那就是身为“少数人”的我，到底该怎样和这个蛮不讲理的世界沟通。可惜的是，在《维罗妮卡决定去死》的最后，保罗·科埃略也没有办法告诉所有人对人生失去意义的维罗妮卡和埃杜阿尔德到底以怎样的途径才得到了完整解脱。在俗世生存的所有人似乎都没有办法找到一个完全可以解决的方法，只好取一个让自己稍能接受的平衡点。

然而这并没有影响这部作品成为一本好的小说，因为保罗·科埃略毕竟不是心理学家，他是作家，所以这部有血有肉的作品已经是一个完整的躯体，选材和内容上的上乘相当于给这个完美的躯体注入了一个饱满的灵魂。这部作品如此鲜活，几乎每一个看完的人都会不由自主反思人生并企图从反思中得到一些感悟。它也许残酷地揭示了读者一直想要逃避的现实问题，但是不正视这些问题又怎么能够“破蛹成蝶”呢？

电影《致命魔术》里说，好的魔术有三个部分，“以假乱真”、“偷天换日”和“化腐朽为神奇”；而好的文字作品也该有三部分，“引起共鸣”、“得到感悟”和最重要的“付诸实际”。我不太认可这本书新改版的编者荐语：“在任何时刻，任何人心中有了哪怕一丝想去死的念头，就请翻开这本书。”因为这不是一本“想去死的时候”才该看的书，这是一部任何时候你都可以看并且“付诸实际”的书。

如果看了书只是感慨了一下就无动于衷，那么和看到小狗被杀会难过但依旧继续吃狗肉的人有什么不一样？想到就去做，想要就去争取。记住：在这世界上，任何事都绝不是偶然；别给自己任何借口和理由，没有退路才是最好的退路。

39th

只有爱，才是唯一解药

闹钟响起的时候，我在微凉的被窝中突然醒来。

这是冬末春初早晨八点的上海，这个季节的寒风，依旧不肯放过任何一次展现自我的机会。睁着眼睛却不想起身，耳边慢慢传来轨道交通经过窗户时“哐当哐当”的声音。脑袋一片空白，下一秒应该干什么完全想不起来。维持这样的姿势躺了十来分钟后，终于可以像个木偶人一样起床，并且在身体感知到彻骨寒冷前披上厚厚的羽绒服。洗漱完毕后，才差不多可以恢复交际能力。若在这时遇见闯进视线的室友，已经可以微笑着对她说一句“早安”。

每一天早上都有不同的人在不同的地方以不同的方式醒来，

所有这些人都要以有条不紊又符合常态的面貌面对整个世界，并且将这个面貌保持到下一次入睡为止。

在上个世纪美国南加州的某个早晨，有个名叫乔治的大学教授同样在自家床上孤单醒来。我不太清楚他睡得好不好，但我知道他熟睡时会打鼾，也知道他的恋人最近在一场车祸中死去。显而易见，这对任何一个人来说都是一次致命的打击，乔治好不容易才把自己从无止境的悲伤中拉回来。但是，往后要独自面对的世界，看起来似乎更加面目可憎了。尽管在年轻时，他也许就明白自己是上帝的“弃婴”，但由这份孤独和无能为力所引发的愤恨从未像现时这般强烈，他正在慢慢丧失对抗这个世界的耐心和能力。可惜命运却让他继续留在世上，将时间变成一颗随时会引爆的定时炸弹，一点一滴地吞噬着他的内心和灵魂。

乔治先生的内心由此常常萌生出一些奇怪的想法，似乎干脆也不再打算拒绝“恶魔”或“反动者”的称号。然后表面上，他却依旧尽量让自己符合常态，谁叫他是大学里的教授呢？想来恐怕他自己也觉得讽刺，他这样一个“失道之人”却在大学里为人施道，若真有一天他突发奇想决定以真实面目示人，生活会不会反而更充满戏剧性？乔治的内心有好几次，都想要打破禁律，幸好最后还是拼命忍住了自己的坏心眼。不过这样的他，实在太难掌控，怎么看起来也不像是肯向年龄妥协的中年人。吉姆离去后，他变成了世间的水仙花，似乎只剩下孤芳自赏一条路可走。

吉姆，是他的恋人，比他年轻好几岁的男人。因为年纪的关系，想必他曾经也考虑过要是自己先行离逝吉姆应该怎么办的问题。但上帝远比人类还爱开玩笑，乔治完全没有时间做心理准备。吉姆突然就离开了，只剩下他一个人留在世上不知所措。除了挚友夏洛特，他甚至没法和其他人分享这彻骨的哀伤。独自一人经历悲伤、怨恨和无尽思念后，他总算强打起精神来。但自此以后，每一个早晨对他而言，都变成了折磨——每一次醒来，都提醒自己现实的残酷；每一次醒来，都是一次突如其来的深深刺痛；每一次醒来，都失去了生的喜悦，只剩下孤单对抗世界的无尽疲累和无能为力。

这就是小说《单身》，讲述一个中年男子乔治的一天所见所想。这本书，是作者艾什伍德的代表作和毕生最爱的作品。全因书中的乔治就是作者自己的影子，这里的乔治所经历的一天是平凡和不值一提的，但通过乔治观察身边人和世界后流露出来的内心独白，却传达了作者自身完整又系统的感情观和价值观。小说并无刻意的人物冲突和戏剧效果，却无处不流露出令人窒息的压抑气氛和消极情愫。作者细腻敏感的内心刻画，将这个社会以及人与人之间社交的诟病都一一赤裸展现。即便是历经一个世纪，跨越一个大洋，书中的意识形态依旧与当今社会惊人的吻合。

艾什伍德将自己不服输的性子注入“乔治”这个躯壳中，让这个虚拟人物充满了血肉。他不肯服老也不肯向这个世界认输，所以心底常常要小孩子脾气，还一把年纪依旧和自己的学生裸泳。因为害怕受到伤害，所以在心里筑起围墙的他，却保存着自己孩子气的一面；以便任何可能遭遇这个世界突如其来柔情的时刻，他都可以敞开心扉。这样的乔治是自我矛盾的：他一方面憎恨这个对其不公的世界，一方面却迷恋着这个多情的世界不肯离去。被这个世界“抛弃”并称之为“病态”的他，对这个真正病态的世界抱着孩子般的单相思。他迷恋网球场上男子肉体上的汗水，渴求这个世界哪怕只有一次的柔情相待。正如文章的结尾，他期盼自己能遇见下一个“吉姆”、拥有重生的机会，不必以行尸走肉的姿态存活至死。

这部原著小说，无论从故事情节和人物情感着墨上，与改编版本的电影都有着诸多不同之处。凭借着文字这个载体，小说拥有更多的人文思考和精神启示。电影则更像是小说的再创作，对本书有着特殊情感的汤姆·福特放大了小说中的情感部分，尽量避免了一些惹人争议的故事桥段。两个版本都非常具有可看性，但书本带来的延伸思考当然比一百分钟的影像有过之无不及。乔治的“单身”还有一部分是指精神层面的，这是一种孤独对抗整个世界的悲怆感，并非只有恋爱中的人或同志人群特有。正如电影版《单身男子》的开头，和漂浮在水中随波逐流的乔治一样，无法呼吸却得不到帮助，也看不到生活的边际。

只要我们每个人是以一个个体生存在这个世上，就一定会在某个时刻遭遇同样的问题。没有人能预示到这个问题何时会被解决，也许一辈子都不会。《单身男子》在豆瓣有个更为诗意的中文译名，叫《挚爱无尽》。也许乔治已经无路可退，只有爱才是唯一解药。或许他得先告别情感意义上的单身，才能重新燃起面对这个世界的勇气，才能无须一个人对抗整个世界。留恋甜蜜却充满哀伤早已逝去的过去只有死路一条，未来也已经时日不多，只能留住当下的现在。留住现在，努力去爱，只有这样才能活下去，才能再一次感觉到心的跳动。

40th

被遗忘的女性们

在古代中国，人们信奉“女子无才便是德”；在西方神话里，夏娃只是亚当一根肋骨的化身；十八世纪的欧洲，人们给有才识的女子冠以“女巫”之名，然后进行惨无人道的大屠杀。然而，事实真是这样吗？女性在人类文明的发展史上真的没有作过一点贡献吗？男性地位高于女性究竟是物竞天择还是人为所致？

知名画家达·芬奇在书中被提及有女权膜拜的倾向，对于女体和女性神明有着敬仰之心。然而小说毕竟是小说，孰是孰非也不是本书评该讨论的中心话题。我想表达的是：我一直坚信，有着几千年历史的华夏民族，事实上文明和思想上的造诣必定比如今所挖掘的要多。《雪花和秘密的扇子》就是这样一本书，它给许多人推开了中国历史长河中被人渐渐遗忘的一扇大门——“女书”。

事实上在本书中译版的代序中，我们就可以了解到早在2005年我国就有学者将“女书”这一重要文化遗产结集成书。然而，并不是每个人都有着学者的专业能力，要让普罗大众在那样一本书中了解“女书”，多数人或许会缺乏耐心（何况如今还是个全民缺少阅读的年代）。因此，《雪花与秘密的扇子》实际上是大多数人窥视“女书”这一神秘文化的一扇小窗户。对很多读者来说，它展示了中国古文明画卷中的一角。这本书在畅销欧美后于2006年在国内出版，而之前上映的同名电影也让这本书再度回到人们视线里。

为了不剥夺大家阅读的兴趣，我不打算在书的情节和内容上做过多着墨。本书确实是一本很伟大的小说，对现代人来说，它是一面可以折射几百年前中国实况的镜子。那个年代，正是现阶段许多为人诟病的封建思想最为推崇的年代。男尊女卑和男耕女织的生活，在这本小说里被刻画得淋漓尽致。这一些曾经依山傍水靠着黄土地生活的人民，他们的内心世界和精神世界，必定是从水泥钢筋中长大的一代人所无法想象的。小说开篇由一个妇人徐徐道来，全文以自传的形式巧妙地穿插了“女书”这一情节，而其中对女性情谊的描写，毫不矫揉造作，显得真实又细腻。

提到本书，必定不得不提作者邝丽莎。她虽只有八分之一的中国血统，但对于中国古文明的探究却不比今日的许多专家学者要差。凭借执着和努力，她走访了湖南江永县，并最终完成本书。第一本讲述中国古文明“女书”的小说，却来自于一个身处美国的华裔女作家；不得不说这本书的出版，一定程度上也是对当今国内文化学术界的讽刺。我并不是说研究“女书”的学者不够努力，但明显国内对于这些文明不够重视和保护。“女书”这一文化如同曾经出现在电影《我的父亲母亲》中的“锔碗”手艺一样，正因为当局的不重视而慢慢消逝。

一定程度上，这些手艺和文化的消逝或许也要归咎于人民的需求。如今对于人民来说买个新碗根本就不是难事，哪还需要“锔碗”的手艺？而男女基本实现人权上的平等，哪还需要“女书”来互诉衷肠？然而正如Gucci创意总监Frida Giannini来华日志中所问：“中国人用摩天大厦抹去了大部分历史痕迹，他们有一天会不会因为割裂了与过去的联系而后悔呢？”这一些因为人民不再需要而被扼杀的文明，如今只能在书籍中找寻它们存在过的痕迹。而这些被正史所遗忘的伟大女性们，将永远活在文字里。

k e y w o r d

第十五个关键词 | 魔法

M a g i c

41st

你是这世上，我唯一坚信不疑的谎言

友邻在豆邮问我：如果为了一段爱情决定浪迹天涯，是不是看起来很傻？

我突然不知道怎么回答这个问题好。我不能否认不知道什么时候起，“浪迹天涯”这种东西在我心中褪去了浪漫的色彩，变成了一个傻瓜才会做的事。我想，这也许就是所谓的懂事和长大吧。因为懂事，我们反而不能像小时候那样向往浪迹天涯；因为长大，我们不再期待着梦幻色彩的王子公主童话。

岁月，把我们从一个孩子变成了一个少年；再把少年推进了成人的世界。若是现在捧书的你，脑袋突然停下来，会想到儿时的什么呢？树影斑驳的午后，嬉笑奔跑着的伙伴，藏在脑海中的童话，还是那些看不见却一直相信的魔法？

“这里有人吗”，这是小说《哈利·波特》里罗恩对哈利说的第一句话；“你们有谁看到一只蟾蜍吗？纳威丢了一只蟾蜍”，而这一句则是赫敏出场时对罗恩和哈利所说的话。让我们先找个角落悄悄坐下，看看这三个小伙伴们吧。

红头发的少年总是很害羞，说不到两句话就脸红耳赤，会的魔法也只是三脚猫功夫；棕色头发的少女可不一样，一出场她就有点儿目中无人，不过她对于魔法超高的领悟性也足以让她有资格这么做；对了，还有那个额头上有疤痕的少年，几乎在去霍格沃斯前根本就对魔法世界一无所知。这样三个人怎么看也扯不上多大关系呀！

然而命运多么奇妙，它能让一直朝着相反方向走的平行线相遇，也自然能让三个懵懂的孩子在机缘巧合下变成终生挚友。其实最终会成为终生挚友的人，也许他们在相遇的当初也完全没有意料到这件事吧？就像最开始，当我在某个周日下午翻开学校外边书店盗版的《哈利·波特与魔法石》封面时，绝对不会想到为自己推开了一个新世界的窗户。

也许 J. K. 罗琳也没有想到，1997 年她在火车上看到的那个魔法少年，会给她带来一个崭新的世界；她就是这个世界里命运的掌权者，在她的笔下我们贪婪地窥望着一个我们一直期待的却遥不可及的童话世界。

我们像是亲临魁地奇球赛现场一样为哈利捏一把汗，给他加油打气；我们变成了三个小伙伴身边的一个隐形的好朋友，一同喜欢着大个子海格，一同讨厌着不务正业的马尔福。关起麻瓜世界的窗户，在被窝里我们进入了一个完全与众不同的世界。最终这个世界变成了影像，被呈现在所有麻瓜的眼前。我们一边叹息着这些影像与自己想象中不符合的部分，一边又着魔般喜欢上了这一些坚强的魔法少年，甚至连原本惹人讨厌的达力，到了最后都不忍和他说再见。我想直到我老去，也不会忘记这个曾经陪伴过我的魔法世界。

一直认为，电影《哈利·波特》的原声最应该找的人是 Yann Tiersen，他的琴音有着悠扬又温柔的力量，能够为这个系列电影画下完美记号。因为对我而言，这从来不是一个澎湃激昂的魔法故事，而是一个少年成长的故事，是三个孩童如何一步步信任彼此成为一生挚友的故事。

关于哈利·波特这个魔法少年在我心中的地位，就和片中哈利的母亲莉莉说的一样:“一直都未曾离开过，会永远伴随着我。”就当我贪恋你，不肯放手吧；就当我太幼稚，学不会忘掉这个魔法世界。因为人生就像电影和小说的结尾一样，永远会是一个轮回。

我们所要做的事情就是，坚守心中美好的信念，并把它不断传递下去。我不会说再见的，我亲爱的魔法少年少女；因为在我心中，你们都从未曾离开过。

Forever！

42nd

今晚睡哪里？

台风“天兔”登陆广州的时候，我正在广州的天河希尔顿酒店。妈妈发微信过来，叮嘱我不要外出，乖乖待在酒店。晚上八点一过，街头就下起了暴雨。但这个时候我刚在房间里洗完澡，打算整理自己菲律宾之行的照片。时间一晃就到十点，我在房间里完全听不到一点点外边的风声，“天兔”的登陆似乎跟我毫无干系，我在希尔顿用铜墙铁壁筑起的“城堡”里安详地度过了台风之夜。

酒店，是我这两年来接触比较多的东西。一开始是出差，到后来加入去哪儿网的特派试睡员；从入门级的菜鸟到分清各大酒店的派系，连我自己都觉得有些不可思议。我喜欢酒店的原因，与大多数人都不尽相同。在我的眼中，酒店像是一个巡回表演的马戏团，而我像是一个八岁的小孩，在台下满怀热烈的期待，期待每一场秀。你都不知道魔术师会带来什么惊喜，每一场秀都是独一无二的；即便是同一个魔术师的同一场秀，也会在不同场次给观众带来不一样的惊喜。正如每一次酒店的入住，都是不可复制的。

我在酒店收到的礼物，大多都是以食品为主。台风那晚，在广州天河希尔顿，我临睡前突然收到酒店的礼物和安睡牛奶。窗外此刻台风肆虐，房内却是一片祥和。我第一次在酒店里，感受到家的气味，就如同这牛奶般的香甜。我还在宁波香格里拉酒店，收到过他们以我第一本书的封面作为模板制作出来的巧克力。我自认大部分时间我不是一个动不动就感性清新的人，但收到那份礼物的时候我当场真的感动到想流泪。礼物，对于我而言并不是最重要的部分。重要的部分在于：第一次，有人将你心中的珍宝也捧在手心复制出来时，实在很难不被打动。

不喜欢酒店的人，大多数都是因为觉得酒店是冷冰冰的躯壳，没有家的感觉，没有故事可言。但我所知道的很多酒店，其实都有很多了不起的过去。

老的酒店代表着过往，站在它们的大理石上似乎就可以看到历史的传承。而新的酒店也一样以“开创”为最终目标缔造一个又一个令人赞叹的闪耀奇迹。景观、人文与新意使酒店这个行业在各个方面都使人的衣食住行日趋完善。在浦东嘉里大酒店远眺浦东城和世纪公园、在伊斯坦布尔香格里拉与亚洲隔海相望、在静安香格里拉与张爱玲跨越时空对话……酒店，远远不是冷冰冰的躯壳，它们都有故事，它们像是睡前的童话故事书，让夜晚变得更有吸引力。

“今晚睡哪里”，像是马戏团在帐篷上张贴的广告，一次又一次吸引我这个“魔术迷”买单入场。

k e y w o r d

第十六个关键词 | 自我

S e l f

43rd

写给自己的信

首先你们要了解，这是一封写给自己的信。我常常会做这样的事情，自问自答，问问自己过得怎么样，问问自己现在想要什么，通过自问达到自省，然后再充满元气地出发向前。所以在下文中，你们看到的第二人称“你”，其实也是我自己（我猜我没有精神分裂）。

让我想一想，上一次我给自己写信已经是去年一月的事情了。我现在，已经没有去年那么感性了，所以我变得很少给你写信。因为，我现在常常觉得，一个人的感性是成功的绊脚石。而且，无论是在文字市场还是社交媒体上，感性的文字总是看起来比较受冷落，不是吗？没什么人在乎与自己无关的伤春悲秋，大家都有好多的事情要忙。

所以，我可以跟你分享些什么呢？我不是很擅长总结，而且2012年到现在的确发生了很多事，所以我更加难以条理清晰地跟你分享这些过去。要不，我们先说我接下来想干什么吧！嗯，我接下来还想去更多的城市，我现在刚从伊斯坦布尔回来，十二月中旬马上要去美国自驾游，可惜我的编辑逼着我要在月底交稿（也不怪她，因为旅行我已经迟了一个多月交稿了），所以我怕是没有机会在这本书里跟读者们分享在美国的见闻了。

2012年我去了蛮多新的地方，例如成都和重庆。因为认识好多四川的朋友，所以一直就很想去成都看一看。这次行程，也算是完成了自己要吃“正宗辣到流眼泪的黑暗界料理”的心愿。然后，我辞职了，自己开始接一些私活。辞职前也不是没有挣扎，因为正是这个行业帮助我走到了今天的位置。但是，我愈发开始觉得，这不是我想要的。我想要赎回自己的时间，好让自己可以去看看这个世界。谁知道以后会怎么样呢，谁都说不定以后我们会不会变成无趣的秃顶的中年人，我可不想在那个时候才有机会去开始探索世界啊！

此外，我希望2014年，我能去台湾。我已经快要二十五岁了，这个十几岁就开始在我脑中成形的想法到现在我都还没实现。而且，现在，越来越多的人可以去台湾了，我觉得好像受了委屈一样，因为我觉得我是最应该去的，但是我去不成。但我觉得没有什么事情是不可能的，去年年初我给你写信的时候我还从没想过自己会在今年出书呢，而且我今年还去了伊朗和土耳其，所以人生还算是在幸运的范畴内前进，不是吗？

我从伊斯坦布尔回来之后一周也没有调整好时差，我在心里觉得自己可能是故意的，因为我极端想念这个城市，甚至愚蠢得想要在别处却按照伊斯坦布尔的时区去生活。我可是从未想过，自己会如此热爱一个城市啊！昨天，我买好了从国内到旧金山、从洛杉矶到纽约和从纽约回国的机票，为了再去我最爱的伊斯坦布尔待上一星期，我特意选了土耳其航空在伊斯坦布尔中转的航班，比起直飞来只是多花了一百块不到的机建费用。

我有很多个“第一次”发生在伊斯坦布尔，比如第一次在电影院看一部没有中文字幕的全英文电影、比如第一次乘坐国外的地铁、比如第一次坐飞机的商务舱。其实这些东西说起来都很普通，但因为你对这座城市有了独特的感情后，这些“第一次”也被赋予了更多主观情绪上的特殊意义。就好像詹姆斯·希尔顿描述香格里拉时说，他在这里，感受到了身体和心灵的平静，他想一直留在这里。我现在对于伊斯坦布尔，大概就是这种感觉。

人生很短，我希望自己尽量做到第一本书中祈愿的一样——永远在前进，绝不原地踏步！这次的分享大概就是这些了吧，我希望你在新来的 2014 年会继续前行。

44th

如果有一件事是重要的

那应该是：

整理衣柜

打一个电话给爸妈

送挚友一本自己的签名书

看一场没有中文字幕的英文电影

把豆瓣 FM 音乐人兆赫里的歌曲更新到 200 首

在星期天的下午无所事事地散步

邀请邻居来自己家喝一碗汤

买一张街头艺人的自制 CD

去听喜欢的歌手的演唱会

去二手市场买一件东西

做一顿饭

在爵士酒吧喝两杯啤酒

除掉自己不再需要的闲置物品

写一封信给二十年后的自己

搭公车或地铁去一个陌生的地方

在有阳光的上午窝在沙发上看看书

每个月跟朋友出去吃一顿饭

整理电脑里杂乱无章的照片

买一双舒服又好看的鞋子

至少学会一个拿手菜

练练字

学会环保

解开一个心事

做一个喜欢的梦

在最累的时候做个 SPA

买一瓶喜欢的气味的香水

坐一次接近十个小时的飞机

至少毫无保留地谈一次恋爱

和驴友去自驾游一次

辞掉没有意义的工作

观察一次自己的身体

喝茶

通宵看电影

买礼物给爸妈

去一次欧洲大陆

找一天 24 小时不用手机

回伊斯坦布尔找之前认识的朋友

勇敢跟喜欢的人表白一次

过一次盛大的生日

给别人一个拥抱

刷爆信用卡

然后

学会自问以及爱自己

k e y w o r d

第十七个关键词 | 心愿

W i s h

45th
花、冰激凌、《一千零一夜》和好朋友

又到了一年一度的毕业季，这两天在大理的客栈，常常会见到一些高三毕业的小孩子。刚刚结束一年劳苦的他们，成群结队从全国各地赶来大理这个地方，想要在成绩出来之前无忧无虑地喘口气。

掐指一算，我毕业至今也有快三年时间。2010 年从广工毕业之后，足迹也算是遍布祖国的大江南北，这三年来，一路走根本没有好好整理过自己的所见和所得。今天看到客栈里这群刚刚高三毕业的小朋友们，突然觉得时间走得好快。好像也就昨天，我还是像愣头青一样；但转眼，也已经出了书，并且迎来了自己的第二个本命年。

在大理榴园待着的某个晚上，我突然涌起一股冲动，想把这三年都写下来。在那之前，我有好久都没有在深夜写作了。

有一段时间我是痴迷于深夜写作的，大概就是去年的三、四月。那时候我跟兔子住在一起，她是个从不会在凌晨两点前睡觉的女生。沙发刚好有两个，一长一短，我占着靠落地窗的那个，全身裹着薄被子，想到什么就写什么。但那会儿写的东西似乎发出来后也没有多少人看，我自己都不记得到底是写了一些什么；我也从不知道兔子在另一个沙发上，拿着 iPad 在玩些什么，只是大概知道有时候她会跟大脸猫视频，有时候她会玩游戏。但不论什么时候，她都不怎么说话，我也不怎么说话，我们就这么坐着，有时候灯也不亮一盏，各做各的事，直到凌晨两点一过，彼此都有了睡意再回房间。

来跟你说说我毕业后的三年吧。

我读的大学，离一个度假村非常非常近，我的第一份实习在广州大学城，离我读的大学也特别近。那是一个叫作新觉青年公馆的地方。新觉有一个酒吧，叫作黑铁时代。我在实习的时候认识了熊宝贝，他们的主唱饼干为我的第一本书写了序。如今，黑铁已经倒闭了。

常常还会想起毕业前最后的日子：到度假村的超市购物，坐在猫头鹰餐吧吃早中饭，在度假村的巴士站等地铁接驳公交，在酒吧听着独立音乐人演奏歌曲……没有完整的剧情，记忆都是碎片化的，夹杂的感情不像是怀念，当然也不是厌倦，更像是看着在另一个平行空间中的自己，去完成一件与自己毫不相关的事。

非常平静，看着自己。

我毕业三年，单单是室友就认识了不下十个。第一任室友，是在上海认识的。说实话，现在想起来，那个房子虽然非常棒，但我所住的房间实在够简陋，连床似乎都是宜家的沙发床。房间朝北，偏偏可以提供暖气的空调又坏了——开后没半个小时就会发出绞肉机一般的可怕噪音。最惨的事情在于，我住进去的那一年冬天，是上海近五年来最冷的冬天，光是雪，就下了好几场。

所以那年我看到的第一场雪，是在上海，这一点我自己也不曾预料得到。

单是听我对这个房间的描述，你大概会觉得我住得很糟糕。但恰恰相反，那几乎算是我在上海最棒的三个月，原因全在于当时的室友——小斑马和小彩虹。小斑马在海事学校毕业，我们住的房子离她当时的大学非常近。她是一个跟我非常有默契的女生，我跟她见了第一面后，就相互觉得彼此会成为好朋友。住进去之后，更是在“一起联手欺负小彩虹”这件事上达成了高度的共识和默契。

我口中的“小彩虹”来自苏州，他和“小斑马”的外号都是按各自穿的秋裤颜色来起的。小彩虹很认真做一件事情时，你就会觉得他很有趣，像个十二岁的小孩子，想要完成一件大人的事，有着一股奇怪的气场和决心。我觉得我跟小彩虹的关系，有点儿像《无耻之徒》里的利普和伊恩。没有亲兄弟那么亲密，但是是相似的——包容着对方的不同，乃至缺点，最终平和地成为心照不宣的好朋友。

我和他，还有小斑马，住在一起的时间非常短，只有短短三个月，但感情却像住了三年那么深厚。在那之后我辞职回了广州，小斑马辞职回了杭州，小彩虹辞职回了苏州。那个时候，我是没想过自己还会回上海来的，因为隔年三月，我去了北京，还认识了有生之年最有趣最诡异的一群室友。

在北京最开始，住在三元桥，离机场快轨非常非常近。那是金角前男友的房子。金角是我在北京认识的第一个朋友。那会儿我希望去出版社或者豆瓣工作，但只有三个月工作经验的我，在大首都眼中，只是一粒眼屎。但毫无疑问，三元桥的一个月是愉快的，我跟金角会做做西餐，窝在沙发上看电影。

我后来搬去望京，并在那里认识了兔子。望京的几个月，几乎是我所有租房经历中最最独特且诡异的。这个还算宽敞的三室，曾经最多住过八个人！但它不是隔断间，跟隔断间也截然不同，这个房子里的六个常住客，除了一个特别爱打游戏几乎不怎么现身以外，其他人几乎都算打成一片，完全是《老友记》加《无耻之徒》的翻版。

有时候我常常觉得，这才是北京的魅力所在——与不同的人，通过不同的途径，最终相互包容走到一起，才是北京最吸引我的地方。

我最终选择离开北京，回到了上海。回到上海后我重新跟兔子住到了一起，去年五月我辞职去旅行，创作我的第一本书；九月回来时兔子因为家庭变故回到了广西。我跟三年前最早认识的前同事，也是我在上海最好的异性朋友秋子住到了一块儿。新家是我住过的所有房子中最最满意的，但不知道为什么，住进来之后，似乎真的没有在半夜写过东西了。

在大理的这几天，看到这些朝气蓬勃的年轻人时，总是情不自禁被他们的活力感染。想起《无耻之徒》里，小V曾对黛比说的那句“心情不好的时候，尝试想一些美好的东西，比如花、冰激凌或小狗”。这些年轻人，身上携带着这些“美好东西”的基因，单纯得令人心疼又心碎。也正因为他们，心里才突然涌起一股冲动，想要回顾一下自己的过去，遇到的那些人，念念不忘的事。

已经凌晨两点了，大理的夜异常安静。有时候我觉得自己好幸运，拥有这一帮朋友。尽管我在这一路也遇到过挫折和别人的不理解，虽跌跌撞撞却总算是走到了自己想要的位置。这一路走来，可能我最需要感谢的就是这些身边人。要不是他们，我早已经疲惫不堪，兴许在半路就走不下去了。彼此扶持，告诉对方“Can't Stop”，这些人中的每一个，都是命运给予我最棒的礼物。

十七岁过去了，二十岁也过去了，但我们前行的脚步却从未停止。十月，我将出发前往伊朗，从小学读《一千零一夜》开始我就向往这个古国，现在终于如愿以偿。

也祝愿你的生命中，也有一群好朋友，有“花、冰激凌和德黑兰”这些美好的事物，让你鼓起勇气一直前行。

46th

过自己想要的生活，才是最主要的

这是这本书除了特别篇以外的最后一篇文章，我始终觉得我要在这里为读这本书的所有人说声感谢。无论你是在上班间隙、睡前还是阳光充沛的周末下午阅读这本书，我知道你原本可以有其他安排和选择，但你最终选择了读这本书，这对于我来说已经是莫大的鼓励和欣慰。

我们为了成为别人眼中的“正常人”，常常丢掉了成为自己的可能性。因此旅行成为大多数人认识自己的最佳途径，越来越多的人选择独自出行，完成一个人的旅行，在旅途中找回自己。穷游网上的伊朗穷游锦囊是由一个网名叫 Tehranee（德黑兰人）的人编辑完成的。这个人在穷游网上的自我介绍是这样子的：

两年半的伊朗生活彻底改变了他的人生轨迹。当年跨越两伊边境成了他的梦想，于是这厮又赴伊拉克驻扎了十八个月。中东这个弥漫历史、香料和硝烟味儿的地区成了他的第二故乡。战乱和凋敝，让他开始重新审视生活。尤其是在巴格达的一位生死之交殉职后，他执意到其“基地”武装控制区的家里送行；离开巴格达时，他与雇员们在检查站紧紧相拥，抱头痛哭。中东是德黑兰人魂牵梦绕的地方，也让他觉得自己的人生有了那么一点价值。

五年前，甚至是三年前，如果你来问我，看完这段简介觉得怎么样，我一定会回答你：“我觉得这个人疯了。”对于外界缺乏足够的了解，加上过于信赖所谓的媒体，会让很多人对一些地方有些误解，我自己也是这么过来的。今天，当我从伊朗完成半个月的旅行，回到国内时，我会告诉你这是一个美得不像话的城市，而中东和近东人对人都极度友好，我甚至会对那些说出“去那个地方干什么”、“他们应该都在打仗”、“很穷吧那里”的朋友感到有一丝丝生气，为他们并没有看到真相就发表评论而感到气馁。

如果你现在问我，看到 Tehranee 的人的简介会有什么看法，我仍旧觉得“这厮疯了”。但现在我已经是这么觉得的了——有一句话是这么说的：“正常的人都是一样的，而神经病却有着各种各样的精彩。”如果可以选择，我希望成为像 Tehranee 一样的“神经病”，而不要成为不了解真相的“正常人”。

如果说在这本书所有与关键词有关的文章最后，我能给予你们什么的话，那除了接下来你们会看到的伊朗特别篇以外，我还希望告诉各位：成为“别人”或是“正常人”一点儿都不重要，过自己想要的生活才是最重要的。

《摩登家庭》第四季的最后一集里，过世的奶奶留下了这么一段话：“这个世界上的所有人，请在任何时候都不要害怕打破常规，因为你永远不知道未来还有什么精彩在等着你。”

当我们太在乎自己能否为人所接纳时，往往却忽略了最重要的自己本身的感受。所以，我最亲爱的各位，与其“小马过河”，不如去开启属于自己的世界吧！

k e y w o r d

特别篇 | 献给伊朗的梦与诗

Special Articles for Iran

47th 天堂花园

我在去伊朗以前，对这个国家的印象几近于无，有的大部分印象还是基于许多媒体的报道。但当我去过这个地方后，我发现自己实在是深深为这片土地上的人和物所着迷。这片土地上的人，与他们所热爱的事物一样，极具浪漫气息。如果说伊朗为我留下最深印象的三个方面，那应该就是花园、历史和人文。我惊觉自己能为这个国家做的事情很少很少，但在我第二本书的最后一部分，我想将这个特别篇献给伊朗这个国度，正如第一本书中我将特别篇献给了我去世的朋友叶芸一样。因为对我来说，他们都是美好的存在，理应在这个世界上为更多人熟知。

伊朗的大部分历史属于波斯人，这是一个天堂和花园的故事。这个有着古老历史和文化的民族，用血与泪、梦与诗筑成了一座座令人惊叹的皇宫和寺庙。这个国家有着太多不可思议，它大约在公元前 522 年，就已经开始了自己的盛世。但如今的伊朗，如一个瑰丽花园的遗址，充满着不可言喻的哀伤和沧桑。只有当你的手滑过这些卡其色的土墙和砖瓦时，你才能看到在风中不曾老去的天堂花园。

在古波斯人眼中，有水、有花园、有庭院的地方便为天堂。事实上，英文单词“Paradise（天堂）”出自波斯语“Pardis”，原意为花园。巴列维王朝的 Golestan Palace（古列斯坦皇宫）则是 19 世纪的伊朗人对于天堂最贴近的诠释，这座皇宫名字的含义是“花之宫殿”。我一直认为波斯人的花园情结甚至影响到了现代建筑，我们所看到的欧式建筑中最为常见的喷水池和巨型花园，这些事实上早在几千年前的伊朗就已经出现。

你可能不会想到，除了“Paradise”以外，包括“Angel（天使）”、“Magic（魔法）”、“Candy（糖果）”在内这些在英语词语中听起来令人感到无限幸福的词语，都来自于波斯语。波斯文化事实上对于现代文化的影响远比我们想象得要深远。在帕萨尔加德，现仍保存着 2500 年前建成的居鲁士大帝陵墓。这位在波斯历史上公认的仁君，受到不同疆土不同民族人民的拥戴。他礼待敌军、释放奴隶，在那样一个征服意味着抹杀的年代，他是一个奇迹一般的存在。

任何一个大国，包括中国在内，在其漫长的历史进程中，必然会经历无数次的大起大落。现如今的伊朗，昔日的光辉被掩埋在黄沙中。但即使是闭关锁国，都未能改变普通老百姓热情好客的风俗。伊朗人秉持着千年民族的尊严，用尽最后的优雅让宾客们得到了最好的礼遇。历史的黄沙会掩埋一切的权力、财富和政治，在风中屹立不倒的天堂花园中，所绽放的永远是人性中的真、善、美。

图书在版编目（CIP）数据

眼眶会红的人，一辈子都不会老/夏奈著.—北京：中国华侨出版社，2014.3

ISBN 978-7-5113-4499-1

Ⅰ.①眼… Ⅱ.①夏… Ⅲ.①随笔—作品集—中国—当代 Ⅳ.①I267.1

中国版本图书馆CIP数据核字(2014)第046048号

眼眶会红的人，一辈子都不会老

作　　者：夏　奈
出 版 人：方　鸣
责任编辑：叶　辞
装帧设计：伍　霄
经　　销：新华书店
开　　本：710mm×1000mm　1/32　印张：7.5　字数：134千字
印　　刷：北京慧美印刷有限公司
版　　次：2014年5月第1版　　　2014年5月第1次印刷
书　　号：ISBN 978-7-5113-4499-1
定　　价：32.80元

中国华侨出版社 北京市朝阳区静安里26号通成达大厦3层 邮编：100028
法律顾问：陈鹰律师事务所
发 行 部：（010）82068999　传真：（010）82069000
网　　址：www.oveaschin.com
E-mail：oveaschin@sina.com

如发现图书质量问题，可联系调换。质量投诉电话：010-82069336